中国文化·古典诗词品鉴

飞花令·雪

素心落雪 编著

中国文史出版社

图书在版编目（CIP）数据

飞花令．雪 / 素心落雪编著．— 北京：中国文史出版社，2018.5

ISBN 978-7-5205-0262-7

Ⅰ．①飞…　Ⅱ．①素…　Ⅲ．①古典诗歌—诗集—中国　Ⅳ．①I222

中国版本图书馆CIP数据核字（2018）第097304号

责任编辑：高　贝

出版发行：**中国文史出版社**

社　　址：北京市海淀区西八里庄69号　邮编：100142

电　　话：010-81136606　81136602　81136603（发行部）

传　　真：010-81136655

印　　装：北京新华印刷有限公司

经　　销：全国新华书店

开　　本：787mm×1092mm　1/32

印　　张：6.75　　字数：120千字

版　　次：2018年8月第1版

印　　次：2020年5月第2次印刷

定　　价：29.80元

解读飞花令

飞花令，原是饮酒助兴的游戏之一，输者罚酒。源自古人的诗词之趣，得名于唐代诗人韩翃《寒食》中的名句“春城无处不飞花”。古代的飞花令要求，对令人所对出的诗句要和行令人吟出的诗句格律一致，而且规定好的字出现的位置同样有着严格的要求。

而现行“飞花令”的游戏规则相对宽松得多，只要围绕关键字背诵出相应的诗句即可。即使这样，“飞花令”仍是真正高手之间的对抗，因为这不仅考察对令者的诗词储备，更是临场反应和心理素质的较量。

目录

雪

杨 炯

杨炯（650—692），华阴（今属陕西）人。杨炯与王勃、卢照邻、骆宾王并称“初唐四杰”，世称“王杨卢骆”。杨炯以边塞征战诗见长，风格雄健豪放，气势轩昂。

雪暗凋旗画，风多杂鼓声

从军行

唐 · 杨炯

烽火照西京，心中自不平。
牙璋辞凤阙，铁骑绕龙城。
雪暗凋旗画，风多杂鼓声。
宁为百夫长，胜作一书生。

注释

从军行：乐府旧题，多写军旅生活。

烽火：古代边防告急的烟火。

西京：长安。

牙璋：古代发兵所用之兵符，分为两块，相合处呈牙状，朝廷和主帅各执其半。

凤阙：阙名。汉建章宫的圆阙上有金凤，故以凤阙指皇宫。

龙城：又称龙庭，汉时匈奴的要地。汉武帝派卫青出击匈奴，曾在此获胜。这里指塞外敌方据点。

百夫长：一百个士兵的头目，泛指下级军官。

简析

这首诗借用乐府旧题“从军行”，描写一个读书人从军边塞、参加战斗的全过程。仅仅四十个字，既揭示出人物的心理活动，又渲染了环境气氛，笔力极其雄劲。通过描写从军的辛苦以及征战边庭的过程和心情，从而表达了国家有事、匹夫有责的使命感和建功立业的豪迈情怀。

“烽火照西京，心中自不平”，前两句写边报传来，激起了志士的爱国热情。诗人并不直接说明军情紧急，却说“烽火照西京”，通过“烽火”这一形象化的景物，把军情的紧急表现了出来。一个“照”字渲染了紧张气氛。“心中自不平”，一个“自”字，写出了由衷的爱国激情。“牙璋辞凤阙，铁骑绕龙城”，描写了军队辞京出师，包围敌方阵地的情景。“铁骑”与“龙城”相对，渲染出了龙争虎斗的战争气氛。“雪暗凋旗画，风多杂鼓声”，通过景物描写烘托战争场面。大雪弥漫，遮天蔽日，使军旗上的彩画都显得黯然失色；狂风呼啸，与雄壮的进军鼓声交织在一起。这两句诗，写得有声有色，各臻其妙。尾句“宁为百夫长，胜作一书生”，直接抒发了从戎书生保边卫国的壮志豪情。

此诗文气流畅，词约义丰，结构跳跃而流动，格调雄壮，不愧是初唐边塞诗中的佳作。

背景

这首五言古诗是杨炯边塞诗的代表作。诗作表现了作为文士的书生立功边陲的壮志豪情，慷慨雄壮。

名家点评

〔清〕王夫之：裁乐府作律，以自意起止，泯合入化。(《唐诗评选》)

〔清〕屈复：一二总起，三四从大处写其宠赫，五六从小处写其热闹，方逼出“宁为”“胜作”事。起陡健，结亦宜尔，但结句浅直耳。(《唐诗成法》)

孟浩然

孟浩然（689—740），名浩，字浩然，因祖籍为襄州襄阳（今湖北襄樊）而世称“孟襄阳”，与王维合称“王孟”。其诗歌题材多以山水田园、隐居逸兴及羁旅行役为主，以五言短篇居多，风格冲淡自然。

穷阴连晦朔，积雪满山川

赴京途中遇雪

唐·孟浩然

迢递秦京道，苍茫岁暮天。
穷阴连晦朔，积雪满山川。
落雁迷沙渚，饥乌集野田。
客愁空伫立，不见有人烟。

注释

迢递：遥远的样子。

秦京：京城长安原属秦地，故称。秦京道：通往长安的大道。

岁暮：年终。

穷阴：连续阴天的日子。

晦：阴历每月的最后一天。

朔：阴历每月的第一天。

渚：水中的小块陆地。

乌：乌鸦。

简析

“迢递秦京道，苍茫岁暮天”，首联写通往京城长安的路还很长，诗人抬头看天，满眼苍茫。诗人虽在仕途上积极地迈出了第一步，但前途未卜，路途遥远，诗人只能“黄昏独自愁”。“苍茫”既是下雪的前兆，也是诗人心情忐忑的表现。“岁暮天”点明了时令，暮色苍茫增添了诗人的几分愁绪，为全诗定下了情感基调。题目“遇雪”，但开篇并没有直接描写雪，而是为下文写下雪作铺垫。

“穷阴连晦朔，积雪满山川”，连续几日阴天，雪又下得大，致使“积雪满山川”。此联描写了两个意象“积雪的山”与“冰冻的河”，与诗题相合，营造了苍茫寂寥的意境。“落雁迷沙渚，饥乌集野田”，颈联借景抒情，“迷”，辨认不清，迷失找不到，表面写落雁找不到沙渚，实则衬托作者的前路迷茫。全句暗示了作者对赴京应试前途未卜的担忧和茫然。“客愁空伫立，不见有人烟”，尾联诗人把自己当作“客”，隐约表明对这次参加科举的不情愿。

本诗运用哀景衬哀情的手法，生动地表现了作者此时内心焦躁、迷茫以及对前途担忧的情感。

背景

开元十五年（727）冬，孟浩然赴京赶考。途中遇雪，有感而发，写下此诗。

名家点评

〔元〕方回：规模好。(《瀛奎律髓》)

〔清〕朱之荆：点“雪”只第四一句，前具雪意，后借雪中人物衬托，真能写雪之神者。(《增订唐诗摘钞》)

李　颀

李颀（约690—约751），唐代诗人。开元二十三年中进士，曾任新乡县尉，后辞官归隐于颍阳之东川别业。李颀擅长七言歌行，诗以边塞题材为主，风格豪放，慷慨悲凉，与王维、高适、王昌龄等人皆有唱和。

野云万里无城郭，雨雪纷纷连大漠

古从军行

唐·李颀

白日登山望烽火，黄昏饮马傍交河。
行人刁斗风沙暗，公主琵琶幽怨多。
野云万里无城郭，雨雪纷纷连大漠。
胡雁哀鸣夜夜飞，胡儿眼泪双双落。
闻道玉门犹被遮，应将性命逐轻车。
年年战骨埋荒外，空见蒲桃入汉家。

注释

饮马：给马喂水。

傍：顺着。

交河：古县名，故城在今新疆吐鲁番西面。

行人：出征战士。

刁斗：古代军中铜制炊具，容量一斗。白天用以煮饭，晚上敲击代替更柝。

公主琵琶：汉武帝时以江都王刘建女细君嫁乌孙国王昆莫，恐其途中烦闷，故弹琵琶以娱之。

蒲桃：今作葡萄。

简析

这首诗借汉喻唐，明写汉武帝穷兵黩武，实则讥讽唐玄宗开边西北，给人民造成了不尽苦难，表达了诗人对死难士卒的深切同情。

“白日登山望烽火，黄昏饮马傍交河”，诗人开篇便极力描述紧急征战的苦况。“行人刁斗风沙暗，公主琵琶幽怨多”，“行人”指出征将士，“公主琵琶”指汉朝细君公主远嫁乌孙国时所弹的琵琶曲调，这不是欢乐之声，而是哀怨之调。“野云万里无城郭，雨雪纷纷连大漠”与“胡雁哀鸣夜夜飞，胡儿眼泪双双落”这四句是诗人对边陲环境的渲染。军营所在之处四周都是荒野，雨雪纷纷，和大漠相连，足以见其凄冷酷寒。“闻道玉门犹被遮，应将性命逐轻车”两句，暗讽当朝皇帝一意孤行，穷兵黩武。结尾“年年战骨埋荒外，空见蒲桃入汉家”，通过鲜明对比，指出天子以连年战争的巨大代价，换来的只有区区的蒲桃而已。这不仅深刻揭露了战争的残酷，而且鲜明地表达了诗人对唐代统治者的不满和对捐躯沙场的将士的无限同情。

背景

此诗作于唐玄宗天宝初年。诗人所歌咏的虽为历史，但是诗的内容却表达了他对唐玄宗“益事边功”的穷兵黩武开边之策的不满。

名家点评

〔明〕邢昉：音调铿锵，风情澹冶，皆真骨独存，以质胜文，所以高步盛唐，为千秋绝艺。(《唐风定》)

〔清〕沈德潜：以人命换塞外之物，失策甚矣。为开边者垂戒，故作此诗。(《唐诗别裁》)

少室众峰几峰别，一峰晴见一峰雪

少室雪晴送王宁

唐·李颀

少室众峰几峰别，一峰晴见一峰雪。
隔城半山连青松，素色峨峨千万重。
过景斜临不可道，白云欲尽难为容。
行人与我玩幽境，北风切切吹衣冷。
惜别浮桥驻马时，举头试望南山岭。

注释

少室：山名，在河南登封北，东距太室山约10公里，有三十六峰，山北麓五乳峰下有少林寺。

王宁：诗人的朋友，生卒事迹不详。

别：格外不同。

见：同“现”。

隔城：有城郭阻隔。

峨峨：盛多貌。

过景：落日余晖。

不可道：妙不可言。

难为容：难以形容其状。

行人：指王宁。

简析

“少室众峰几峰别，一峰晴见一峰雪”，开篇写雪后初晴，少室诸峰，在日光映照下，绮丽多姿。诗人写雪后少室众峰，能从大处着笔，写出众峰同中之异，别具特色。“隔城半山连青松，素色峨峨千万重”，诗人从城内望山，因为有城郭阻隔视线，只能见到山的上一半，但青峰白雪，更增添了少室山的妩媚。“过景斜临不可道，白云欲尽难为容”，这两句则是写少室诸峰雪后初晴的动态之美。落日余晖，斜照山峰，绝妙奇景难以用语言形容。最后四句写少室诸峰，雪后初晴，千姿百态，美不胜收，本来应该和友人同赏佳景，但又不得不分别。诗人与王宁浮桥上依依惜别，王宁渐渐走远了，诗人还伫立在桥上，举头望向友人王宁在南岭中的身影。

此首写景送别诗，可分为两部分，前六句写雪后初晴的少室山绮丽多姿，分外妖娆；后四句写送别王宁，依依惜别，无限深情。诗人写少室的雪景清新别致，侧重于山峰晴雪景象的描绘，给人以美的享受。

背景

此首五言古诗，写少室山雪后初晴之景，为诗人送友王宁远行时所作。

名家点评

〔明〕谭元春：两句连用四峰字，入口清香飒然。而“一峰晴见一峰雪”，是雪晴真景，妙于写出。(《唐诗归》)

〔清〕黄培芳：(首二句)起得耸峭。(末二句)不尽之神。(《唐贤三昧集》)

王昌龄

王昌龄（698—757），字少伯，河东晋阳（今山西太原）人，又一说京兆长安（今西安）人，盛唐著名边塞诗人。其诗以七绝见长，尤以登第之前赴西北边塞所作边塞诗最著，情景妙合，意与境浑，有“诗家夫子王江宁”之誉，又被后人誉为“七绝圣手”。

意远风雪苦，时来江山春

琴

唐·王昌龄

孤桐秘虚鸣，朴素传幽真。
仿佛弦指外，遂见初古人。
意远风雪苦，时来江山春。
高宴未终曲，谁能辨经纶。

注释

孤桐：指特生的梧桐，是制琴的上好材料，后以“孤桐”为琴的代称。

秘：藏。

简析

这首诗描写了高雅清高的琴声，并将琴声和孤桐、雪等结合在一起。

“孤桐秘虚鸣，朴素传幽真”，首先突出了琴声的悠扬，“虚鸣”表现出琴声的缥缈，正是因为琴声的悠远，反而让人有一种不真切的感觉，赋予琴声一种神秘感。而随后诗人又说这琴声“朴素传幽真”，使人由远及近，慢慢揭开了琴声的面纱。“仿佛弦指外，遂见初古人”不仅说琴声行云流水，更夸赞了弹琴者技艺的高超，这潺潺琴声仿佛让诗人见到了古时贤者。“意远风雪苦，时来江山春”，诗人加入奇特的想象，大胆地将变幻莫测的琴声融入季节的变化，琴声时而带人进入风雪交加的凛冽冬日，时而又带人进入温暖的春天。“高宴未终曲，谁能辨经纶”，在琴声的渲染下，宴席气氛高涨，琴声也连绵不绝，使得大家沉浸在这热烈的气氛中。

青海长云暗雪山，孤城遥望玉门关

从军行七首（其四）

唐・王昌龄

青海长云暗雪山，孤城遥望玉门关。
黄沙百战穿金甲，不破楼兰终不还。

注释

从军行：乐府旧题，属相和歌辞平调曲，多反映军旅辛苦生活。

青海：指青海湖，在今青海省。

雪山：即祁连山，山巅终年积雪，故云。

孤城：即玉门关。玉门关，汉置边关名，在今甘肃敦煌西。一作“雁门关”。

楼兰：汉时西域国名。西汉时楼兰国王与匈奴勾结，屡次杀害汉朝通西域的使臣。此处泛指唐西北地区常常侵扰边境的少数民族政权。

简析

这首诗表现战士们为保卫祖国矢志不渝的崇高精神，意境苍凉，慷慨激昂，充分展示了盛唐气象。

“青海长云暗雪山，孤城遥望玉门关”，这两句诗写边塞壮阔之景，是对西北边陲景观的一个总体概括。“黄沙百战穿金甲，不破楼兰终不还”两句，直抒胸臆，表达杀敌报国的坚定斗志与信念。“黄沙百战穿金甲”，极其概括地写了戍边的战事，“黄沙”写作战环境之恶劣，“百战”暗示战争时间的漫长和频繁。“穿金甲”则写敌军之强悍，侧面烘托战斗之艰苦激烈。即使这样，将士的报国壮志却并没有丝毫减损，反而变得更加坚定，“不破楼兰终不还”。

名家点评

〔清〕沈德潜：“不破楼兰终不还”句，作豪语看亦可，然作归期无日看，倍有意味。(《唐诗别裁》)

〔近代〕朱宝莹：首句长云迷漫，雪山亦暗，有不甚明见之意。二句惟见有孤城，遥而望之，系玉门关云，起势远甚。三句在黄沙之地已经百战，终穿上金甲，转得突兀。四句不破楼兰不还，如顺流之舟矣，结句壮甚。(《诗式》)

祖　咏

祖咏（699—746），唐代诗人，洛阳人。少有文名，擅长诗歌创作。他的诗以赠答酬和、羁旅行役、山水田园之作为主，一般都写得工稳妥帖。其山水诗具有语言简洁、含蕴深厚的特点。

终南阴岭秀，积雪浮云端

终南望余雪

唐・祖咏

终南阴岭秀，积雪浮云端。
林表明霁色，城中增暮寒。

注释

终南：山名，在唐京城长安（今陕西西安）南面60里处。
余雪：指未融化之雪。
阴岭：北面的山岭，背向太阳，故曰阴。
林表：林外，林梢。
霁：雨、雪后天气转晴。

简析

这首诗是祖咏在长安应试时所作。全诗从“望”字落笔，以“余雪”为主线，着力描写了傍晚雪后放晴的景致。“终南阴岭秀”，诗人从长安城中遥望终南山，所见的自然是它的“阴岭”。“秀”是望时所得的印象，既赞颂了终南山，又引出下句。“积雪浮云端”，写流云奔涌，山峰高耸，余雪闪光，好像浮在云上一般。这句诗写出了终南山的高耸入云，也表达了诗人的凌云壮志。“林表明霁色，城中增暮寒”两句将远观与近感相交融，写得极有情致。落日西沉，斜阳余晖，映照着树梢上的点点积雪，勾画出傍晚雪霁的独特之美。

背景

这是一首应试诗。《唐诗纪事》记载，祖咏年轻时去长安应考，文题是“终南望余雪”，要求必须写出一首六韵十二句的五言长律。而祖咏写出四句之后就搁笔了。他感到这四句已经表达完整，若按照考官要求写成六韵十二句的五言体，则有画蛇添足之嫌。当考官让他重写时，他还是坚持了自己的看法，结果祖咏未被录取。

名家点评

〔近代〕俞陛云：咏高山积雪，若从正面着笔，不过言山之高，雪之色，及空翠与皓素相映发耳。此诗从侧面着想，言遥望雪后南山，如开霁色，而长安万户，便觉生寒，则终南之高寒可想。用流水对句，弥见诗心灵活。且以霁色为喻，确是积雪，而非飞雪，取譬殊工。(《诗境浅说续编》)

李　白

李白（701—762），字太白，号青莲居士，祖籍陇西成纪（今甘肃天水），是唐代最伟大的诗人之一，被后人誉为“诗仙”。李白的诗作，以乐府、歌行及绝句成就为最高。其歌行，完全打破诗歌创作的一切固有格式，空无依傍，笔法多端，达到了变幻莫测、摇曳多姿的神奇境界；其绝句自然明快，能以简洁明快的语言表达出无尽的情思。其诗风，既豪迈奔放，又清新飘逸，而且想象丰富，意境奇妙。

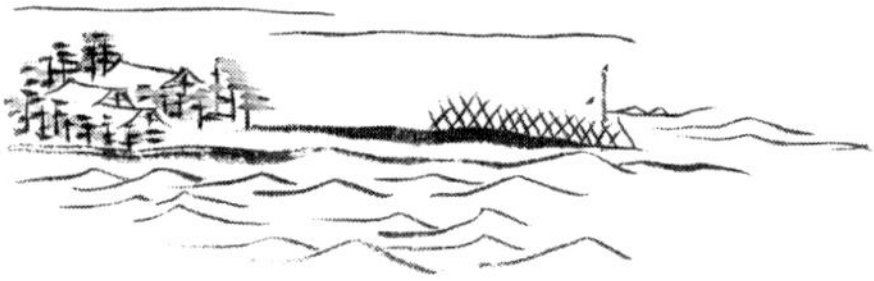

白雪关山远，黄云海戍迷

紫骝马

唐・李白

紫骝行且嘶，双翻碧玉蹄。
临流不肯渡，似惜锦障泥。
白雪关山远，黄云海戍迷。
挥鞭万里去，安得念春闺。

注释

紫骝马：良马的代表。

障泥：马鞯，垫于马鞍下，垂于马背两旁以挡泥土。

白雪：指雪岭一带。

黄云：黄色风尘，代指西北一带沙漠中的戍守地。

简析

这首诗塑造了一匹无比矫健的奔马形象。

“紫骝行且嘶，双翻碧玉蹄”，诗开篇便以劈空而来的笔势，写紫骝马四蹄腾空，奔驰嘶鸣。“临流不肯渡，似惜锦障泥”，诗人运用拟人手法，写马不肯渡河，并非由于胆怯，而是因爱惜障泥，表现了马的爱美之性。后四句写马驰骋边疆，不恋槽枥。英雄得之，可以在战场纵横驰骋，不念春闺。

本诗气势豪迈，是诗人胸怀的流露。

背景

诗人李白咏马而兼及从军远戍，不恋室家之乐，有古辞之意。

名家点评

〔清〕卢麰、王溥：生气流溢，每用逸笔，不觉率然。“双翻”二字沽。(《闻鹤轩初盛唐近体读本》)

迢迢五原关，朔雪乱边花

千里思

唐·李白

李陵没胡沙，苏武还汉家。
迢迢五原关，朔雪乱边花。
一去隔绝国，思归但长嗟。
鸿雁向西北，因书报天涯。

注释

李陵：汉武帝命令将军李广利抗击匈奴，李陵自请率部到兰干山南，以分单于兵，后被匈奴大军围困，兵败而降。

苏武：苏武出使匈奴被扣留，不屈服于匈奴，就在北海牧羊。多年后才得以重返汉朝。

五原关：在唐盐州五原县（今陕西定边）境内。

绝国：绝远之国。

简析

这首诗借用李陵和苏武的故事表达了对那些滞留在胡地、不能归汉之人的无限同情。“李陵没胡沙，苏武还汉家”，李陵全军覆没在胡地沙漠，苏武最终回归汉朝。“迢迢五原关，朔雪乱边花”，颔联是对边塞恶劣环境的描写，迢迢五原的关外，朔风吹雪迷乱边塞的鲜花。“一去隔绝国，思归但长嗟”，其中“思归但长嗟”是全诗的中心句，一去胡塞，家国隔绝，即使思归故乡，只能长叹不已。“鸿雁向西北，因书报天涯”，只能希望鸿雁飞向西北的时候，将书信寄给那天涯相隔之人。

白雪乱纤手，绿水清虚心

月夜听卢子顺弹琴

唐·李白

闲坐夜明月，幽人弹素琴。
忽闻悲风调，宛若寒松吟。
白雪乱纤手，绿水清虚心。
钟期久已没，世上无知音。

注释

卢子顺：诗人友人，一位隐士。

幽人：幽居隐逸之人。

素琴：装饰素雅的琴。

悲风：曲名，又称《悲风操》。

白雪：曲名，相传为春秋时期的师旷所作。

绿水：曲名，又称渌水，李白作有《渌水曲》。

钟期：指春秋时人钟子期，伯牙鼓琴而歌，钟子期是其知音。后钟子期去世，伯牙摔琴，表示世上再无知音，此生不再弹琴。后常以伯牙子期代指知音和友情。

简析

这首诗写幽人弹琴，借以慨叹世上无知音。

“闲坐夜明月，幽人弹素琴”，首联描绘了一幅明月当空、静听琴声的优美图画。静谧的夜晚，诗人悠闲地望着天上的明月，听着卢子顺弹奏悠扬的琴声。“忽闻悲风调，宛若寒松吟”，写卢子顺善于琴艺，演奏《悲风》一曲时，好似忽然间悲风袭来，又像是山间的寒松在狂风中哀鸣，描写生动逼真。“白雪乱纤手，绿水清虚心”，演奏《白雪》时，手指翻飞，“乱”点明琴弦拨动之快，“纤手”则展现手之美。演奏《绿水》时，曲调清幽沉静，洁净心灵，声、景、心境合一，呈现出人琴交融的美感。“钟期久已没，世上无知音”，尾联写诗人在世上久无知音，满腔情怀无人可说，只能借琴声抒发一二，孤寂的心境显露无遗。

背景

李白在一个静谧的月夜听到卢子顺弹琴，悠扬婉转的琴声里，诗人的思绪也随之起伏。此诗赞颂了卢子顺高超的琴艺，也传达出诗人无人倾诉、渴望知音的寂寥。

欲渡黄河冰塞川，将登太行雪满山

行路难三首（其一）

唐·李白

金樽清酒斗十千，玉盘珍羞直万钱。
停杯投箸不能食，拔剑四顾心茫然。
欲渡黄河冰塞川，将登太行雪满山。
闲来垂钓碧溪上，忽复乘舟梦日边。
行路难，行路难，多歧路，今安在？
长风破浪会有时，直挂云帆济沧海。

注释

金樽（zūn）：古代盛酒的器具，以金为饰。

清酒：清醇的美酒。

斗十千：一斗值十千钱（即万钱），形容酒美价高。

玉盘：精美的食具。

珍羞：珍贵的菜肴。羞同“馐”，美味的食物。

直：通“值”，价值。

箸（zhù）：筷子。

不能食：食咽不下，茫然无所适从。

太行：太行山。

简析

这是一篇跳荡纵横、气势如虹的抒情诗。

本诗前四句写朋友出于对李白的深厚友情，设下盛宴为之饯行。“金樽清酒”“玉盘珍羞”，理应宾主尽欢的宴会，诗人却“停杯投箸”“拔剑四顾”。停、投、拔、顾四个连续的动作，形象地显示了诗人内心的苦闷和感情的激荡变化。接着两句紧承“心茫然”，正面写“行路难”。诗人用比兴的手法，用“冰塞川”“雪满山”象征人生道路上的艰难险阻。但是诗人洒脱不羁的性格使然，他不甘消沉，继续追求。“闲来垂钓碧溪上，忽复乘舟梦日边。”诗人在心境茫然之时，忽然想到两位开始时仕途并不顺利，而最终大有作为的人物：吕尚和伊尹，思至此处，诗人又有了无尽的信心。

“行路难，行路难，多歧路，今安在？”瞻望前程，诗人又觉前路崎岖，歧途甚多，不知将要走向何处。这是感情在尖锐复杂的矛盾中再一次回旋。但诗人性情豪放乐观，最终还是走出了苦闷，发出了“长风破浪会有时，直挂云帆济沧海”的千古绝唱。

背景

天宝元年（742），李白奉诏入京，担任翰林供奉。但入京后，却没被唐玄宗重用，还受到权臣的谗毁排挤，两年后被“赐金放还”，变相赶出长安。李白满怀愤慨地写下了此篇《行路难》。

名家点评

〔明〕胡震亨：《行路难》，叹世路艰难及贫贱离索之感。古辞亡，后鲍照拟作为多。(《李杜诗通》)

王 维

王维（约701—约761），字摩诘，号摩诘居士，世称“王右丞”，河东蒲州（今山西永济）人，是唐代著名的山水派诗人和画家。王维参禅悟理，学庄信道，精通诗、书、画、音乐等，以诗名盛于开元、天宝间，尤长五言，多咏山水田园，与孟浩然合称“王孟”，并有“诗佛”之称。其诗清新淡远、自然脱俗，苏轼评曰：“味摩诘之诗，诗中有画；观摩诘之画，画中有诗。”

草枯鹰眼疾，雪尽马蹄轻

观猎

唐 · 王维

风劲角弓鸣，将军猎渭城。
草枯鹰眼疾，雪尽马蹄轻。
忽过新丰市，还归细柳营。
回看射雕处，千里暮云平。

注释

劲：强劲。

角弓：用兽角装饰的硬弓。

渭城：秦时咸阳城，汉改称渭城，在今西安市西北，渭水北岸。

鹰：指猎鹰。

眼疾：目光敏锐。

新丰市：故址在今陕西临潼东北，古代以盛产美酒闻名。

细柳营：在今西安市长安区，是汉代名将周亚夫屯军之地，借指将军打猎时所居军营。

暮云平：傍晚的云层与大地连成一片。

简析

这首诗写将军狩猎，写得既大气磅礴，又细致入微。前四句写将军狩猎的过程，后四句写傍晚收猎回营的情景。

首联起句先写角弓鸣响，箭飞劲疾，然后才点出是将军冬猎。“草枯鹰眼疾，雪尽马蹄轻”，则具体描写纵鹰击捕，怒马追逐，进一步渲染了打猎的气氛，细致地刻画出打猎的场面。诗人用“疾”字刻画鹰眼锐利，以“轻”字形容马蹄迅捷，细腻传神。“草枯”“雪尽”四字如素描一般简洁、形象，颇具画意。细节描写不仅凸显了猎者的技艺高超，也侧面烘托了射猎之趣。“忽过新丰市，还归细柳营”，狩猎结束，兴尽而返，“忽过”和“还归”，生动描写了将军返营驰骋的疾速以及喜悦心情。尾联以写景总结，但它所写非营地景色，而是“回看”行猎处之远景。“千里暮云平”，遥接篇首，首尾不但彼此呼应，而且形成对照：狩猎开始时风起云涌，气氛紧张；兴尽而返后风平云定，从容自如。

背景

这是王维前期的作品，诗的内容不过是一次普通的狩猎活动，却写得激情洋溢，豪兴横飞。

名家点评

〔清〕沈德潜：章法、句法、字法俱臻绝顶，盛唐诗中亦不多见。起二句若倒转，便是凡笔，胜人处全在突兀也。结亦有回身射雕手段。(《唐诗别裁》)

关山正飞雪，烽戍断无烟

陇西行

唐 · 王维

十里一走马，五里一扬鞭。
都护军书至，匈奴围酒泉。
关山正飞雪，烽戍断无烟。

注释

陇西行：古曲名，属乐府古题《相和歌 · 瑟调曲》，多写边塞战争。陇西，陇山以西地域，在今甘肃省陇西县以东。

走：跑，奔驰。

都护：官名，都护府的长官。

匈奴：中国古代少数民族之一，善骑射，散居大漠南北，过着游牧生活。这里泛指中国北部和西部的少数民族。

酒泉：郡名。

关山：泛指边关的山岳原野。

烽戍：古代边防用烽火狼烟报警的土堡哨所。

简析

这是王维用乐府旧题写的一首边塞诗，表现了匈奴入侵、边防告急的情景。

“十里一走马，五里一扬鞭”，开篇用夸张的语言渲染了十万火急的紧张气氛。军使跃马扬鞭，飞驰而来，漫长的路程风驰电掣般一闪而过。“都护军书至，匈奴围酒泉”，西北都护府的军使，传来了加急的军书，匈奴的军队已经包围了大唐的西域重镇酒泉。“关山正飞雪，烽戍断无烟”是对环境的描写，漫天飞雪，一片迷茫，望断关山，不见烽烟，突出了飞马传书的刻不容缓。写到这里，全诗便戛然而止，给读者留下了想象的余地：烽火的中断到底是由于人看不见还是因为烽火被大雪扑灭？尽管写形势危急，气氛紧张，而诗中表现的情绪却是热烈、镇定和自信的。

全诗没有正面描写战争，而是截取军使送书这一片段，通过描绘迷茫壮阔的关山飞雪远戍景况，侧面渲染边关的紧急与紧张，展现出“意余象外”的深邃与凝重。

背景

此诗当作于开元二十五年（737）前后，当时王维以监察御史身份，奉使出塞，出参河西节度使崔希逸幕府。

隔牖风惊竹，开门雪满山

冬晚对雪忆胡居士家

唐 · 王维

寒更传晓箭，清镜览衰颜。
隔牖风惊竹，开门雪满山。
洒空深巷静，积素广庭闲。
借问袁安舍，翛然尚闭关。

注释

胡居士：姓名事迹不详。古代称信佛而不出家的人为居士，也指隐者。

寒更：指寒夜。

晓箭：拂晓时漏壶中指示时刻的箭，常借指凌晨这段时间。箭：古代计时仪器漏壶中的箭标，上面刻有度数，随着漏壶里的水不断下滴，箭标上的刻度依次显露出来，依据时刻报更。

清镜：明镜。

衰颜：衰老的容颜。

牖（yǒu）：窗户。

洒空：指下雪。

积素：积雪。

袁安：东汉大臣。这里用以指胡居士。

翛（xiāo）然：无拘无束的样子。

简析

这首诗前半部分写山居的静寂和雪景的清幽，后半部分对雪怀人，表达对友人的关怀与仰慕。

“寒更传晓箭，清镜览衰颜”，“寒更”对“清镜”，有迟暮之感。“隔牖风惊竹”，反扣眼前所见的景象：“开门雪满山”，诗情跌宕起伏，奇趣横生。“洒空深巷静，积素广庭闲”，诗人继续写雪，从空中写到地上，表现晨雪带来的闲静。此联透过雪景传达无处不在的寒冷，为转写对胡居士的思念做铺垫。“借问袁安舍，翛然尚闭关”，尾联用袁安卧雪的典故喻胡居士，以想象的手法表达了诗人对这位贤达、固穷守志的胡居士的仰慕与忆念。

背景

此诗当作于唐玄宗天宝年间。胡居士，姓名不详，家境清寒，信奉佛教，住处距王维不远。

名家点评

〔清〕屈复：五六写雪不着迹象，妙句。(《唐诗成法》)

〔清〕沈德潜：写对雪意不削而舍，不绘而工。忆胡居士，只末一见。(《唐诗别裁》)

〔清〕宋宗元：（三四句）不假追琢，自然名贵。(《网师园唐诗笺》)

高 适

高适（704—765），字达夫，渤海蓨（今河北沧州）人，后迁居宋州宋城（今河南商丘），是唐代著名的边塞诗人。曾任刑部侍郎、散骑常侍，封渤海县侯，世称“高常侍”。高适与岑参并称“高岑”，与岑参、王昌龄、王之涣合称“边塞四诗人”。其诗笔力雄健，气势奔放，洋溢着盛唐时期所特有的奋发进取、蓬勃向上的时代精神。

千里黄云白日曛，北风吹雁雪纷纷

别董大二首（其一）

唐 · 高适

千里黄云白日曛，北风吹雁雪纷纷。
莫愁前路无知己，天下谁人不识君。

注释

董大：指董庭兰，是当时有名的琴师，在其兄弟中排第一，故称“董大”。

黄云：天上的乌云，在阳光下，乌云是暗黄色，所以叫黄云。

白日曛（xūn）：太阳暗淡无光。曛，即曛黄，指夕阳西沉时的昏黄景色。

谁人：哪个人。

君：你，这里指董大。

简析

这首诗为高适与董大久别重逢，经过短暂的聚会以后，又各奔东西的赠别之作。当时两个人都处在困顿不达的境遇之中。

“千里黄云白日曛，北风吹雁雪纷纷”，这两句以其内心之真，写别离心绪，以胸襟之阔，叙眼前景色，真挚动人。落日黄云，大野苍茫，只有北方冬日有此景象。日暮黄昏，且又大雪纷飞，在北风中，只见天空中的大雁，出没寒云。头两句借景抒发内心忧郁之情。“莫愁前路无知己，天下谁人不识君”，这两句是对朋友的劝慰：此去你不要担心遇不到知己，天下哪个不知道你董庭兰啊！这句安慰之辞与王勃的“海内存知己，天津若比邻”有异曲同工之妙。

背景

这首送别诗当作于唐玄宗天宝六年（747），诗人送别的对象是著名的琴师董庭兰。当年春天，吏部尚书房琯被贬出朝，门客董庭兰也离开长安。当年冬天，高适与董庭兰会于睢阳（故址在今河南商丘南），写了《别董大》二首。

名家点评

〔清〕周斑：上联具景物凄惨，分别难以为情。下联见美才

易知，所如必多契合；至知满天下，何必依依尔我分手！就董君身上想出赠别至情。妙，妙。(《唐诗选脉会通评林》)

〔清〕徐增：此诗妙在粗豪。(《而庵说唐诗》)

雪净胡天牧马还，月明羌笛戍楼间

塞上听吹笛

唐 · 高适

雪净胡天牧马还，月明羌笛戍楼间。
借问梅花何处落，风吹一夜满关山。

注释

胡天：代指胡人居住的地方。

羌笛：乐器，乐声高亢悲凉。

戍楼：边塞驻军的瞭望楼。

梅花：指乐曲《梅花落》。

关山：泛指关隘山岭。

简析

此诗用明快的基调和奇妙的想象，描绘了一幅优美动人的塞外风景图。

“雪净胡天牧马还，月明羌笛戍楼间”，开篇写景。草原上的白雪已经融化了，日暮时分，宽广的胡地上，牧马人和马群的身影从夕阳中驰来。到了夜间，月光明亮，诗人忽然听得戍楼之间传来哀怨的羌笛声。白雪、草原和马群，月亮、羌笛和戍楼，诗人将边塞不同的意象排列在一起，看似无心却别有新意，语言简单精练，又呈现出浑然天成的自然美。

“借问梅花何处落”，《梅花落》本是羌笛吹响的曲调，但诗人以实写虚，由曲子设想出梅花的真实的意象。“风吹一夜满关山”，梅花本是虚景，关山是实景，诗人又以虚写实，虚实转换之间，梅花好似征人的愁思，铺满了关山这个愁地，手法巧妙，给人以深长隽永的余味。

背景

此诗为高适在边关所作，以《梅花落》的乐曲贯穿全诗，既写笛声，又表达征人思妇的思亲之情。

名家点评

〔明〕唐汝询：落梅足起游客之思，故闻笛者每兴味。（《唐诗解》）

〔清〕黄生：同用落梅事，太白“黄鹤楼中吹玉笛，江城五月落梅花”是直说硬说，此二句是婉说巧说，彼老此趣。（《唐诗摘钞》）

张 谓

张谓，字正言，河内（今河南沁阳市）人，唐朝诗人。其诗辞精意深，讲究格律，诗风清正，多饮宴送别之作。代表作有《早梅》等。

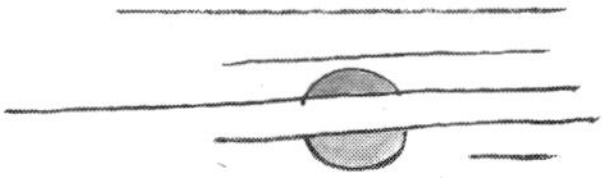

不知近水花先发，疑是经冬雪未销

早梅

唐·张谓

一树寒梅白玉条，迥临村路傍溪桥。
不知近水花先发，疑是经冬雪未销。

注释

迥（jiǒng）：远。

傍：靠近。

发：开放。

经冬：经过冬天。

销：通“消”，融化。这里指冰雪融化。

简析

这是一首咏梅诗，诗人并没有发一句议论和赞语，却将早梅的高洁品格清晰地刻画出来。

“一树寒梅白玉条”描写早梅花开的娇美姿色。“一树”即满树，形容花开之密集而缤纷。“白玉条”生动地写出梅花洁白娇美的姿韵，令人陶醉。“迥临村路傍溪桥”，从生长环境来表现早梅的高洁品格。“傍溪桥”，点明梅花生长在偏僻的傍溪近水的小桥边，独自悄悄地开放。这就赋予了早梅不竞逐尘世、不哗众取宠的高尚品格。最后两句，抒发诗人初见桥边早梅的感受。“不知近水花先发”，诗人用惊叹的口吻表达了看到近水梅花早开的惊喜之情。“疑是经冬雪未销”，一个“疑”字，将诗人的惊喜之情渲染得淋漓尽致，诗人似乎并不敢相信自己所看到的是梅花，而怀疑是未融化的冬雪重压枝头。诗人的感受和发现既凸显了探索寻觅的惊喜，也烘托出早梅似玉如雪、凌寒独放的风姿。

名家点评

〔明〕钟惺：到作迟想，妙！妙！(《唐诗归》)

杜 甫

杜甫（712—770），字子美，自号少陵野老，襄阳人，后徙河南巩县（今巩义市），是唐代伟大的现实主义诗人，与李白合称“李杜”。杜甫生活在唐朝由盛转衰的历史时期，其诗大多是反映当时的社会面貌和民间疾苦，题材广泛，寄意深远，抒发了忧国忧民的情怀，因而被誉为“诗史”。杜诗沉郁顿挫，语言精练，格律严谨，感情真挚，达到了极高的艺术水平。

乱云低薄暮，急雪舞回风

对雪

唐·杜甫

战哭多新鬼，愁吟独老翁。
乱云低薄暮，急雪舞回风。
瓢弃尊无绿，炉存火似红。
数州消息断，愁坐正书空。

注释

战哭：指在战场上哭泣的士兵。

新鬼：新死去士兵的鬼魂。

愁吟：哀吟。

尊：通“樽”，似壶而口大，盛酒器。

愁坐：含忧默坐。

书空：原指晋人殷浩忧愁无聊，用手在空中画字。

简析

这首诗表现了诗人对国家、亲人命运的深切关怀而又无能为力的苦恼心情。

“战哭多新鬼”，一个“多”字，足见动乱之中，战场上战斗之惨烈。“愁吟独老翁”，一个“独”字，凸显了诗人之孤独无助。“乱云低薄暮，急雪舞回风”，先写黄昏时的乱云，次写旋风中乱转的急雪，通过对天气、景物的描写借景抒情，表现了时局的混乱和危机，表达了诗人对国家前途的忧虑。“瓢弃尊无绿，炉存火似红”两句，接着写诗人贫寒交困的景况。诗人困居长安，生活艰苦，在苦寒中找不到一滴酒；柴火也所剩无几。“数州消息断，愁坐正书空”，前线战况和家人的消息都无从获悉，诗人只能忧愁地坐着用手在空中画字。

背景

这首诗是唐肃宗年间，杜甫陷居长安时所作。杜甫在写这首诗前不久，宰相房琯率领唐军与安禄山叛军展开大战，大败，死伤几万人。长安失陷时，诗人逃到半路就被叛军抓住，被押解回长安。

名家点评

〔元〕方回：他人对雪必豪饮低唱，极其乐。唯老杜不然，每极天下之忧。(《瀛奎律髓》)

暂时花戴雪，几处叶沉波

蒹葭

唐·杜甫

摧折不自守，秋风吹若何。
暂时花戴雪，几处叶沉波。
体弱春风早，丛长夜露多。
江湖后摇落，亦恐岁蹉跎。

注释

蒹葭：植物名，即芦荻，芦苇。蒹，没有长穗的芦苇。葭，初生的芦苇。一般生长于沼泽、河沿、海滩等湿地。

摧折：摧残折断。

自守：保卫自己，坚守自我。

若何：怎么办。

花戴雪：暗指花开。芦苇花为灰白之色，花开如同顶着白雪。

江湖后摇落：此处江湖引申为退隐。

蹉跎：失意，虚度光阴。

简析

诗人借蒹葭感叹岁月无情流逝，通过蒹葭生命的脆弱和衰败景象，寓情于景，抒发自己的不得志。

“摧折不自守，秋风吹若何”，写蒹葭面对摧残不能保全自我，何况又被瑟瑟秋风吹打。“暂时花戴雪，几处叶沉波”，诗人感叹蒹葭花期短暂，只在极短的时间里盛开，之后叶子很快就会沉入水中。“体弱春风早，丛长夜露多”，描写蒹葭生命的脆弱，蒹葭在形体柔弱的时候如果有春风拂过，那么春风来得太早；当生长成密丛时，夜里的寒露又太多。“江湖后摇落，亦恐岁蹉跎”，诗人通过此句感慨时光易逝，悲凉之情油然而生。

烟尘犯雪岭，鼓角动江城

岁暮

唐·杜甫

岁暮远为客，边隅还用兵。
烟尘犯雪岭，鼓角动江城。
天地日流血，朝廷谁请缨。
济时敢爱死，寂寞壮心惊。

注释

岁暮：指唐代宗广德元年（763）年底。

边隅：边疆地区，指被吐蕃扰袭或攻陷的陇蜀一带。

雪岭：松潘县南雪栏山。

江城：诗人所在的梓州。

请缨：将士自动请求出兵击敌。

敢：岂敢，何敢。

爱：吝惜。

简析

这首诗通过描写时局艰难，朝廷却无人请缨抗敌，表达了诗人对朝廷懦弱无能的大臣们的谴责以及壮志难酬的苦闷。

“岁暮远为客”，诗人流寓西蜀，一直过着寄人篱下的羁旅生活，故有“远为客”之叹。“边隅还用兵”，言自己虽避地西蜀，暂得一席安身之所，没想到这里仍有战争。一个“还”字，隐含着诗人对生活和时局的失望与叹息。“烟尘犯雪岭，鼓角动江城”，具体写吐蕃侵蜀之事。“动”字既写出了战争的紧迫、形势的严峻，又暗示了吐蕃入侵给社会带来的动荡。“天地日流血，朝廷谁请缨”，颈联高度概括了安史之乱以来的时局。内忧外患，百姓生灵涂炭，而昏庸无能的官员却无动于衷。“济时敢爱死，寂寞壮心惊”，诗人虽有捐躯之志，却无报国之门。只能在寂寞无聊中打发岁月，令人烦忧。

背景

此诗当作于唐广德元年（763）年底，吐蕃攻陷蜀郡西北的松州、维州、保州，时杜甫欲下江东。拟由阆州乘船沿嘉陵江南下。此诗或作于离梓之前，或作于抵阆之后。

名家点评

〔清〕仇兆鳌：“烟尘”“鼓角”，蒙上“用兵”。当此“流血”

不已，“请缨”无人，安忍惜死不救哉？故虽“寂寞”之中，而壮心忽觉惊起。可见公济时之志，至老尤存也。(《杜诗详注》)

西山白雪三城戍，南浦清江万里桥

野望二首（其一）

唐・杜甫

西山白雪三城戍，南浦清江万里桥。
海内风尘诸弟隔，天涯涕泪一身遥。
惟将迟暮供多病，未有涓埃答圣朝。
跨马出郊时极目，不堪人事日萧条。

注释

西山：在成都西，主峰终年积雪。

三城：指松、维、保三州。

清江：指锦江。

万里桥：在成都城南。

风尘：比喻战乱。

迟暮：指年老。

涓埃：细流与微尘，比喻微小。

极目：极目远望。

简析

这首诗写野望所见，抒发忧家忧国之情。

“西山白雪三城戍，南浦清江万里桥”，首联写西山与锦江之景。白雪覆盖的西山护卫着三城，万里桥横跨成都南面清澈的锦江。“海内风尘诸弟隔，天涯涕泪一身遥”，诗人由眼前景联想到失散的兄弟，海内处处都有战争的烟尘，兄弟被分隔在遥远的异乡。诗人孤身一人漂泊在天涯，因为思念亲人而泪洒衣裳。“惟将迟暮供多病”，诗人转而描写自己。诗人体弱多病，不能为朝廷尽力让他感到忧伤。由此一颗赤子般的报国之心天地可鉴。“跨马出郊时极目，不堪人事日萧条”，尾联写诗人骑马来到郊外极目远望，看到世事日益萧条，更加重了心中的忧伤。全诗由景入题，语言淳朴凝练，感情真挚深沉。

背景

此诗作于唐肃宗上元二年（761）杜甫身居草堂之时，杜甫以“野望”为题，抒写心中的忧虑与感怀。

岁暮阴阳催短景，天涯霜雪霁寒宵

阁夜

唐·杜甫

岁暮阴阳催短景，天涯霜雪霁寒宵。
五更鼓角声悲壮，三峡星河影动摇。
野哭几家闻战伐，夷歌数处起渔樵。
卧龙跃马终黄土，人事音书漫寂寥。

注释

阴阳：指日月。

短景：指冬季日短。

景：通“影”，日光。

霁（jì）：雪停。

五更鼓角：天未明时，当地的驻军已开始活动起来。

三峡：指瞿塘峡、巫峡、西陵峡。

星河：银河，这里泛指天上的群星。

野哭：战乱的消息传来，千家万户的哭声响彻四野。

夷歌：指四川境内少数民族的歌谣。夷，指当地少数民族。

卧龙：指诸葛亮。

跃马：指公孙述。

音书：指亲朋间的慰藉。

漫：徒然、白白的。

寂寥：稀少。

简析

这首诗写冬夜景色，暗含伤乱思乡之意。

“岁暮阴阳催短景，天涯霜雪霁寒宵”，首联点明了时间。“催”字，形象地说明夜长昼短，使人觉得光阴荏苒。在霜雪刚停的寒冬夜晚，雪光明朗如昼，诗人对着凄凉寒怆的夜景，不由感慨万千。“五更鼓角声悲壮，三峡星河影动摇”，写出了夜中所闻所见。诗人把对时局的深切关怀和三峡夜深美景的欣赏结合在一起表现出来，蕴含着悲壮深沉的情怀。“野哭几家闻战伐，夷歌数处起渔樵”，写拂晓前所闻。一听到战伐之事，就立即引起千家的恸哭，哭声传彻四野，景象凄惨。“卧龙跃马终黄土，人事音书漫寂寥”，诗人极目远望夔州西郊的武侯庙和东南的白帝庙，发出无限感慨。曾经的智者，都成了黄土中的枯骨。结尾二句，流露出诗人极为感伤的情绪。

这首诗是杜甫律诗的典范之作。全诗运用了正面烘托、对比等表现手法，笔调苍凉，音调铿锵。

背景

这首诗是杜甫寓居夔州西阁时所作。当时军阀混战，连年不息，吐蕃也不断侵袭蜀地。杜甫的好友等都先后死去。感时忆旧，他写了这首诗，表现出异常沉重的心情。

名家点评

〔明〕王嗣奭：此诗全于起结着意。而向来论诗止称“五更”一联，并不知其微意之所在也。“卧龙”句终为自家才不得施，志不得展而发，非笑诸葛也。(《杜臆》)

窗含西岭千秋雪，门泊东吴万里船

绝句四首（其三）

唐・杜甫

两个黄鹂鸣翠柳，一行白鹭上青天。
窗含西岭千秋雪，门泊东吴万里船。

注释

西岭：西岭雪山。

千秋雪：指西岭雪山上千年不化的积雪。

泊：停泊。

东吴：古时候吴国的领地，今江苏一带。

万里船：不远万里开来的船只。

简析

这首诗描写了成都浣花溪草堂周围明媚秀丽的春天景色。

“两个黄鹂鸣翠柳，一行白鹭上青天”，以“黄”衬“翠”，以“白”衬“青”，色彩鲜明，更衬托出早春的生机初发的气息。一个“鸣”字把黄鹂描写得更加生动活泼。“窗含西岭千秋雪”，诗人凭窗远眺，因早春空气清新，晴天丽日，所以能看见西岭雪山。末句“门泊东吴万里船”更进一步写出了杜甫当时的复杂心情。此句表明战乱平定，交通恢复，诗人睹物生情，思念故乡。

全诗看起来是四幅独立的图景，但诗人的内在情感使其内容一以贯之，以清新轻快的景色寄托诗人内心复杂的情绪，构成了统一的意境。

这首小诗，四句诗一句一景，景物描写有声有色，意境优美。

背景

这首诗为唐代宗广德二年（764）春夏之交杜甫于成都草堂所作。面对一派生机勃勃的景象，诗人即兴写下此诗。

名家点评

〔清〕杨伦：此皆就所见掇拾成诗，亦漫兴之类。(《杜诗镜铨》)

杜　牧

杜牧（803—约 852），字牧之，号樊川居士，京兆万年（今陕西西安）人。杜牧因晚年居长安南樊川别墅，故后世称“杜樊川”。杜牧的诗歌以七言绝句著称，内容以咏史抒怀为主，其诗英发俊爽，多切经世之物，在晚唐成就颇高。杜牧人称“小杜”，以别于杜甫，与李商隐并称“小李杜”。

别后竹窗风雪夜，一灯明暗覆吴图

重送绝句

唐 · 杜牧

绝艺如君天下少，闲人似我世间无。
别后竹窗风雪夜，一灯明暗覆吴图。

注释

君：指围棋国手王逢。

吴图：棋谱。

简析

“绝艺如君天下少，闲人似我世间无”，言天下像王逢这样棋艺精湛的人很少，而世间应该没有像我这么悠闲，只是以下棋为乐消磨时光的人吧。“别后竹窗风雪夜”，诗人和王逢离别之后，竹窗外风雪交加，诗人用这种恶劣的天气渲染与王逢分别时的不舍和依依惜别之情。“一灯明暗覆吴图”，诗人回看自己与王逢的棋谱，棋谱上的棋子在灯光的照射下，投射出斑斑驳驳、参差不齐的影子，这里暗示王逢棋艺的精妙。正是因为王逢棋艺着实绝妙，所以棋谱上才会布满了棋子。

此诗送别，却通篇不言别，切人切事，全诗不仅紧紧抓住友人是一位棋艺高超的围棋国手这一点，还表明了诗人自己对围棋的热爱。

背景

这是一首送别诗，诗人送别的对象是棋艺高超的围棋手王逢。

名家点评

〔清〕刘熙载：其诗雄姿英发。细读杜牧，人如其诗，个性张扬，如鹤舞长空，俊朗飘逸。(《艺概·诗概》)

皇甫冉

皇甫冉（约717—约771），字茂政，祖籍甘肃泾州，出生于润州丹阳（今江苏镇江）。皇甫冉才华横溢，佳作颇多。其诗多写离乱漂泊、宦游隐逸、山水风光。诗风清逸俊秀。

孤烟灵洞远，积雪满山寒

宿洞灵观

唐·皇甫冉

孤烟灵洞远，积雪满山寒。
松柏凌高殿，莓苔封古坛。
客来清夜久，仙去白云残。
明日开金箓，焚香更沐兰。

注释

洞灵观：道观名，在江西临川西六里。内有魏夫人坛。

灵洞：仙洞。

古坛：魏夫人坛。

清夜：清静的夜晚。

金箓：道士之符箓。

简析

这首诗描写了雪后的山中道观。

“孤烟灵洞远，积雪满山寒”是诗人从远处眺望所见之景。从远处看，袅袅青烟缓缓升起，使远处的洞穴看起来仿佛仙洞一般虚无缥缈。“积雪满山寒”衬托了这种仙境一般的景象，由于刚刚下过大雪，满山都是皑皑白雪，这种白茫茫的世界更让人觉得身处仙境，与俗世隔绝。“松柏凌高殿，莓苔封古坛”是诗人走近道观之后对道观的观察，道观两旁的苍松翠柏挺拔而生，凌驾于殿堂之上，用于祭祀的古坛两旁长满了青苔，暗示了古坛历史久远。“客来清夜久，仙去白云残”，说明道观的客人们在夜里已经休息，夜深人静。“仙去白云残”描写了山中变幻不定的云烟，仿佛是仙人离去留下的踪迹。“明日开金箓，焚香更沐兰”，诗人也陶醉在了这仙境中，准备好好沐浴焚香，迎接明天的金箓大典。

背景

此诗为诗人夜宿洞灵观，观雪中道观之美景，即兴之作。

名家点评

〔唐〕高仲武：冉诗巧于文字，发调新奇，远出情外。（《中兴间气集》）

刘长卿

刘长卿（约709—约785），字文房，河间（今属河北）人。天宝进士，曾任监察御史、长洲县尉、随州刺史等职，世称“刘随州”。刘诗以五言见长，被称为“五言长城”。其诗善于描摹自然景物，风格简约恬淡。

柴门闻犬吠，风雪夜归人

逢雪宿芙蓉山主人

唐・刘长卿

日暮苍山远，天寒白屋贫。
柴门闻犬吠，风雪夜归人。

注释

逢：遇上。

宿：投宿，借宿。

芙蓉山：各地以芙蓉命山名者甚多，这里大约是指湖南桂阳或宁乡的芙蓉山。

日暮：傍晚的时候。

苍山远：青山在暮色中影影绰绰显得很远。苍：青色。

白屋：未加装饰的简陋茅草房。一般指贫苦人家。

犬吠：狗叫。

夜归人：夜间回来的人。

简析

这首诗用极其凝练的语言，描绘出一幅以旅客暮夜投宿、山家风雪人归为素材的寒山夜宿图。

首句“日暮苍山远”，“日暮”点明时间是傍晚，“苍山远”，是诗人风雪途中所见。青山遥远迷蒙，暗示跋涉的艰辛和诗人急于投宿的心情。“天寒白屋贫”突出了诗人借宿主人家茅舍的简陋，在寒冬中更显得贫穷。“寒”“白”“贫”三字反映了诗人独特的感受。后两句写诗人投宿主人家以后的情景。“柴门闻犬吠”，诗人进入茅屋已安顿就寝，忽从卧榻上听到吠声不止。“风雪夜归人”，诗人猜想大概是茅屋主人披风戴雪归来了。

全诗纯用白描手法，语言朴实无华，格调清雅淡静，却具有悠远的意境与无穷的韵味。

背景

诗人刘长卿受人诬陷获罪，被贬为睦州司马。此诗写的是严冬之景，当作于遭贬之后。

名家点评

〔明〕唐汝询：此诗直赋实事，然令落魄者读之，真足凄绝千古。(《唐诗解》)

卢 纶

卢纶（约748—约799），字允言，唐代河东蒲州（今山西永济）人。卢纶以诗歌成就位居“大历十才子”之首，诗多送别赠答之作，其边塞诗雄浑慷慨，广为传颂。有《卢户部诗集》，《全唐诗》存诗五卷。

欲将轻骑逐，大雪满弓刀

和张仆射塞下曲六首（其三）

唐・卢纶

月黑雁飞高，单于夜遁逃。
欲将轻骑逐，大雪满弓刀。

注释

张仆射：姓张，仆射为官职，此诗为诗人对张仆射所作的和诗。

塞下曲：唐朝盛行的乐府诗题，主旨多讲边塞之事。

单于：匈奴、胡人等少数民族的首领。

轻骑：轻装出行的骑兵。

弓刀：为刀类武器的一种，形状近于弓形而得名，便于携带。

简析

此诗描述的是边关地区的一场战争，然诗人未正面直写战争的激烈，而是刻画了一些特殊场景，由细节展现战争的雄壮和猛烈。“月黑雁飞高”，夜色沉重，月色暗淡，大雁一时间纷纷飞上天空，打破了夜晚的静谧，可见是突袭，这一景代表着战争的开始。“单于夜遁逃”，单于在夜色掩护下慌乱逃走，留下混乱溃败的敌军，这一景代表着战争的结果，可以想象到战场上士兵英勇杀敌的情形。“欲将轻骑逐，大雪满弓刀”，这两句诗渲染了出击前的情绪、气氛，使画面上的形象栩栩如生：在将军的号令下，战士们整装待发，刹那间弓刀上落满了积雪。场面壮烈而扣人心弦，读之令人壮怀激烈。

背景

此诗为唐代诗人卢纶边塞组诗中的一首，是历来广为传诵的名篇。诗句描述了士兵作战擒敌的英勇姿态，场景构画巧妙，尽显军士的豪情和无畏。

名家点评

〔清〕李瑛：上二句言匈奴畏威远遁。下二句不肯邀开边之功，而托言大雪，便觉委婉，而边地之苦亦自见。（《诗法易简录》）

〔近代〕俞陛云：前二首仅闲叙军中之事，此首始及战事。言兵威所震，强虏远逃，月黑雁飞，写足昏夜潜遁之状。追奔逐北者，宜发轻骑蹑之，而弓刀雪满，未得穷追，见漠北之严寒，防边之不易也。（《诗境浅说续编》）

千山冰雪晴，山静锦花明

送从叔程归西川幕

唐 · 卢纶

千山冰雪晴，山静锦花明。
群鹤栖莲府，诸戎拜柳营。
浪依巴字息，风入蜀关清。
岂念在贫巷，竹林鸣鸟声。

注释

莲府：指幕府。

柳营：军营。

巴字：巴江或巴峡，曲折似“巴”字。

贫巷：贫民聚居的地方。

简析

这是一首送别诗。

“千山冰雪晴，山静锦花明”交代了送别的时令和季节。诗人送别的时候山上仍然有积雪，但天空却十分晴朗，天空和雪山构成了一幅白净明朗的图画。“山静锦花明”则带有一丝春天的意味，诗人送别的路上途经山中，山里万籁俱静，淡紫色的锦花团团簇拥，让人赏心悦目。“群鹤栖莲府，诸戎拜柳营”是对西川幕府的描写，群鹤的栖息从侧面说明了诗人从叔的品行高洁，而诸戎则传达了将士们迎接诗人从叔的热情和军中严谨的纪律。“浪依巴字息，风入蜀关清”中，巴峡和蜀关都是艰难险阻之地，但是诗人反而说“巴字息”和“蜀关清”，这是为了说明送别路途的顺利，表达的不是愁苦的离别情绪，而是不为离别所困的轻松气氛。“岂念在贫巷，竹林鸣鸟声”是说诗人和其从叔回忆起了从前在贫巷居住的日子，那时他们也并没有因为境遇而感到忧伤，而是能够静下心来聆听竹林里的鸟鸣声。

路出寒云外，人归暮雪时

送李端

唐·卢纶

故关衰草遍，离别正堪悲。
路出寒云外，人归暮雪时。
少孤为客早，多难识君迟。
掩泪空相向，风尘何处期。

注释

李端：卢纶的好友，“大历十才子”之一。

故关：故乡。

衰草：冬草枯黄，故曰衰草。

少孤：指少年丧父、丧母或父母双亡。

简析

这是一首诗人送别友人李端的诗。

“故关衰草遍，离别正堪悲”，开篇从衰草落笔，点明时令在严冬。郊外枯萎的野草，正迎着寒风瑟瑟发抖，四野苍茫，一片凄凉的景象。在这样的环境中送别故人，更加重了离愁别绪。“离别正堪悲”，为此诗定下了深沉感伤的基调。“路出寒云外，人归暮雪时”，写送别的情景，仍紧扣“悲”字。“路出寒云外”，虽写的是送别之景，但融入了浓重的依依不舍的惜别之情。友人终于远行了，留在这旷野里的只剩诗人自己，孤寂之感自然有增无减。偏偏这时，天又下起雪来，郊原茫茫，诗人不能久留，只得回转身来，踏上风雪归途。

“少孤为客早，多难识君迟”是对往事的回忆。诗人送走了故人，思绪万千,百感交集，不禁产生抚今追昔的情怀。人生少孤已属极大不幸，何况又因天宝末年动乱，自己远役他乡，饱经漂泊困厄，而绝少知音呢?“掩泪空相向，风尘何处期”，仍归结到“悲”字。诗人经历了送别场面，回忆起不胜伤怀的往事之后，越发觉得对友人依依难舍，不禁又回过头来，遥望远方，掩面而泣。然而友人毕竟已离去，再伤感也是徒劳，唯有希望下次早日相会。这两句不仅感伤个人的身世飘零，而且从侧面反映出时代动乱和人们在动乱中漂流不定的生活。

背景

这首送别诗是为李端而作。李端和卢纶同为“大历十才子”。这首诗写得感情真挚，凄怆动人。

名家点评

〔清〕胡本渊：“少孤”句悲李，“多难”句自悲。(《唐诗近体》)

〔近代〕俞陛云：诗为乱离送友，满纸皆激楚之音。前四句言岁寒送别，念征途之递迢，值暮雪之纷飞，不过以平实之笔写之。后半篇沉郁激昂，为作者之特色。(《诗境浅说》)

李 益

李益（约750—约830），字君虞，陇西姑臧（今甘肃武威）人，大历四年（769）进士。李益所作边塞诗在当时流传很广，既歌颂了战士激昂慷慨、勇于牺牲之精神，也描写了久戍思乡者之忧伤，风格悲壮宛转，直类盛唐。代表诗作有《夜上受降城闻笛》《塞下曲》等。

黄云断朔吹，白雪拥沙城

赴邠宁留别

唐·李益

身承汉飞将，束发即言兵。
侠少何相问，从来事不平。
黄云断朔吹，白雪拥沙城。
幸应边书募，横戈会取名。

注释

黄云：即将下雪时特有的黄颜色的云彩。

边书：寄自边地的书信。

募：招募，征集。

简析

这首诗表达了诗人充满抱负、为朝廷效力的豪情壮志。

“身承汉飞将，束发即言兵”言诗人身为西汉名将李广的后代，深为自豪，受塞上军旗鼓角的影响和家庭的熏陶，他承袭了古代文人的传统，靠书剑度日。“束发即言兵”意思是只要自己把头发束起便能够使枪弄剑、谈论兵法。“侠少何相问，从来事不平”表现了诗人年轻气盛的报国精神和英雄气概。“黄云断朔吹，白雪拥沙城”是对边塞环境的描写，天上的阴云被北风吹乱，变得断断续续，皑皑白雪覆盖着白沙，一望无际，远远望去雪海茫茫。这两句对边塞艰苦环境的描写为最后一联做铺垫。“幸应边书募，横戈会取名”表现出诗人慷慨激昂、壮志千里、为国献身的坚强意志。即使边塞生活十分艰苦，但是诗人还是庆幸自己可以成为戍边将士。“横戈会取名”，壮烈的情怀溢于言表，诗人踌躇满志、自信满满，相信自己一定能够在战场上奋勇杀敌。

回乐峰前沙似雪，受降城外月如霜

夜上受降城闻笛

唐·李益

回乐峰前沙似雪，受降城外月如霜。
不知何处吹芦管，一夜征人尽望乡。

注释

受降城：又称三降城，唐朝为抵御突厥而建，为古诗中常见的边塞地点。

回乐峰：回乐县里的山峰，在今宁夏灵武市境内。

芦管：乐器，乐声哀婉。

征人：指戍守边关的士兵。

简析

这是一首抒写戍边将士乡情的诗作，从多个角度描绘了戍边将士浓烈的思乡之情。

首句“回乐峰前沙似雪”，以边塞景色下笔，回乐峰前面大漠苍茫，月光照拂下满眼的沙子像雪一般堆积在地面上，折射出幽幽的光彩。“受降城外月如霜”，登上受降城，夜色深重，一轮明月高悬于天空，月光像白霜一样澄净而又寒冷，诗人写月光之寒，透露出心境的孤寂。开篇写景，对仗工整，“如雪”“如霜”的比拟为全诗营造出辽远清冷的氛围。“不知何处吹芦管”，诗人笔锋一转，从边塞景致转向声音描写，不知道何处何人吹响了芦管，笛声呜咽，哀伤的曲调如泣如诉。在哀婉动人的声音里，“一夜征人尽望乡”，士兵们就这样凝望着家乡的方向，一夜不曾改变。诗人用夸张的手法，生动地刻画出边塞军士思乡的情状。全诗并未直言“思乡”，而是通过描写将士们的行为传达其心境，语言含蓄，意境悠远。

背景

此诗为诗人李益在边塞要址受降城所作，展现了边关士兵对家乡的思念，意境含蓄隽永，为古代边塞诗歌中的佳作。

名家点评

〔清〕李慈铭：高格、高韵、高调，司空侍郎所谓“反虚入浑”者。下“天山雪后海风寒”一首，佳处正同。(《越缦堂读书简端记》)

〔清〕黄叔灿：李君虞绝句，专以此擅场，所谓率真语，天然画也。(《唐诗笺注》)

〔清〕宋宗元：蕴藉宛转，乐府绝唱。(《网师园唐诗笺》)

天山雪后海风寒，横笛遍吹行路难

从军北征

唐 · 李益

天山雪后海风寒，横笛遍吹行路难。
碛里征人三十万，一时回首月中看。

注释

行路难：乐府曲调名，多描写旅途的辛苦和离别的悲伤。

碛（qì）：沙漠，这里指边关。

简析

这首诗描写了壮阔而又悲凉的行军场景。

“天山雪后海风寒”，是行军的背景，冰山雪海，寒风刺骨，在戈壁砾石滩上的夜行军，异常艰苦。“横笛遍吹行路难”反映了征人的心情。《行路难》是声情哀怨的笛曲，“遍吹”两字，点明这时传来的不是孤单、声音微弱的独奏，而是此吹彼和、响彻夜空的合鸣。“碛里征人三十万，一时回首月中看”，描写笛声在军中引起的共鸣。诗人只摄取了一个回头看的动作，但征人的思乡之情已经被含蓄地表露出来。

背景

此诗作于德宗贞元元年（785）至四年（788）间在杜希全幕府之时，此时李益入朔方节度使崔宁的幕府。诗人随着崔宁在边疆巡视时，感受到军队已经不复盛唐的雄壮豪迈，有感而发，写下此诗。

名家点评

〔清〕黄生：“回首”，望乡也，却藏一“乡”字。闻笛思乡，诗中常事，硬说三十万人一时回首，便使常意变新。（《唐诗摘钞》）

孟 郊

孟郊（751—814），字东野，湖州武康（今浙江德清县）人。孟郊生性孤直，才高志大，但一生穷愁失意。他少年时曾隐居嵩山，46岁中进士，后任溧阳县尉，直到终老。其诗多寒苦之音，用字造句追求瘦硬，与贾岛齐名，有“郊寒岛瘦”之称。

榆柳萧疏楼阁闲，月明直见嵩山雪

洛桥晚望

唐·孟郊

天津桥下冰初结，洛阳陌上人行绝。
榆柳萧疏楼阁闲，月明直见嵩山雪。

注释

洛桥：因在洛水之上而得名，在今河南洛阳市，原址已毁。
天津桥：即洛桥，因像天上的津渡而得名。
陌上：田间小路。
闲：指楼阁冷清，不见喧哗。
嵩山：五岳之一，在河南登封境内。

简析

这首诗描写了洛阳城萧条寂寞的夜景，氛围凄清。结句笔力遒劲，寄寓了诗人高远的情怀。

“天津桥下冰初结”，孟冬时节，诗人走在天津桥上，看到桥下的洛河之水不再滔滔奔流，刚刚结上了冰，既点明天气的寒冷，又有清幽的氛围。“洛阳陌上人行绝”，由于天气寒冷，诗人抬眼看向路旁，洛阳田野的小道上人迹罕至，一片萧条。浩瀚的夜空下，只有诗人孤身一人站在洛桥上，空旷之景衬托出孤寂之人。“榆柳萧疏楼阁闲”，再向远处望去，榆树、柳树枝叶萧瑟，枯枝零落交错，空隙中可以窥见远处的楼阁。平日里的楼阁繁华喧闹、人来人往，现在却不见人影，楼阁像是空闲下来了一般。“月明直见嵩山雪”，越过洛阳城的楼阁再向远处眺望，月光明亮，诗人几乎看到了嵩山山顶的积雪，白雪与月光相映，营造出空灵雅致的美感。

诗人全篇扣紧“远望”，由近到远，浑然一体，将景致写出了层次感，尾句开阔高远，引人回味。

背景

孟郊此时在洛阳任职，适值冬季寒冷，洛阳城内繁华消减，诗人夜幕时分在洛桥上眺望，由近到远的一幅画卷徐徐展开，展现出清冷却又空阔的意境。

名家点评

〔清〕潘德舆：笔力高简至此，同时除退之之奥、子厚之澹、文昌之雅，可与匹者谁乎？(《养一斋诗话》)

韩　愈

韩愈（768—824），字退之，河南河阳（今河南孟州）人。韩愈是唐代古文运动的倡导者，被后人尊为"唐宋八大家"之首，与柳宗元并称"韩柳"。他提出的"文道合一""气盛言宜""务去陈言""文从字顺"等散文写作理论，对后人很有指导意义。韩愈的诗，风格多样，气势雄伟，想象丰富，形象奇特。

白雪却嫌春色晚，故穿庭树作飞花

春雪

唐・韩愈

新年都未有芳华，二月初惊见草芽。
白雪却嫌春色晚，故穿庭树作飞花。

注释

都：全部。

芳华：花朵盛开，诗中代指春景。

草芽：春季草新长出的嫩芽。

飞花：飞扬的花儿。

简析

诗人以“春雪”为题，不见对雪的直接描写，全诗重点在于春意。

“新年都未有芳华”，已至新年却不见春意之新，芳华全无，一个“都”字看出诗人的失落。“二月初惊见草芽”，一直到了二月惊蛰之时，万物当以萌动生长，才隐约看到了新发的草芽，足见诗人对春日的期待和企盼。

“白雪却嫌春色晚，故穿庭树作飞花”，在本该春季的日子，竟然还有白雪飘落。但诗人内心并不忧伤，而是觉得白雪片片亦是春日飞花。白雪的降落是因为“嫌”春日太迟，雪在诗人的笔下有了生命力，而“穿庭树”“作飞花”更是有了动感，白雪飘散像是飞花满天，彰显优美雅致的情趣。诗人企盼春日，也乐于欣赏冬季的余韵，这样的情趣也传递出诗人此时快活悠闲的心境。诗人善用比拟，新颖别致，而写春写雪皆注重自然，不见穿凿，是诗史上写景之佳句。

背景

此诗为诗人韩愈新年所作，描写了二月初春的雪景，传达出诗人愉快轻松的心境。

名家点评

〔清〕朱彝尊：常套语，然调却流快。(《批韩诗》)

〔近代〕朱宝莹：此诗首句、二句从“春”字咀嚼而出，看似与雪无涉，而全为三句、四句作势，几于无处不切“雪”字。三句、四句兜转，备具雪意、雪景，不呆写雪，而雪字自见，不死做春，而春字自在。四句一气相生，以视寻常斧凿者，徒见雕斫之痕，其相去远矣。(《诗式》)

云横秦岭家何在？雪拥蓝关马不前

左迁至蓝关示侄孙湘

唐·韩愈

一封朝奏九重天，夕贬潮阳路八千。
欲为圣明除弊事，肯将衰朽惜残年。
云横秦岭家何在？雪拥蓝关马不前。
知汝远来应有意，好收吾骨瘴江边。

注释

左迁：降职，贬官，指作者被贬到潮州。

一封：指一封奏章，即《论佛骨表》。

朝（zhāo）奏：早晨送呈奏章。

路八千：泛指路途遥远。八千，不是确数。

圣明：指皇帝。

弊事：政治上的弊端，指迎佛骨事。

惜残年：顾惜晚年的生命。

秦岭：即终南山。

拥：阻塞。

蓝关：蓝田关，今在陕西省蓝田县东南。

瘴江边：指贬所潮州。

简析

这首诗描写了诗人被贬后内心愤懑不平、悲伤失落之意，同时也表现了诗人对朝廷的深思与担忧。

“一封朝奏九重天，夕贬潮阳路八千”，可知龙颜已大怒，在一天之间诗人就被贬黜，不得不离京城，发配的地方离京十分遥远，不异于发配充军。“欲为圣明除弊事，肯将衰朽惜残年”，申述自己直言规劝却因此获罪的愤慨。“肯将衰朽惜残年”，表现了诗人尽管朝堂受到贬黜，却仍旧有匡正祛邪的勇气。“云横秦岭家何在？雪拥蓝关马不前”，诗人将眼前之景与心中之情相结合，“蓝关”形容关山险恶，归途渺渺，前途茫茫，“雪拥蓝关”语意双关，明写天气寒冷，暗写政治气候恶劣。“马不前”其实是人不前，三字中流露出诗人失落之悲，表现了诗人对亲人、对国都的眷顾与依恋。“知汝远来应有意，好收吾骨瘴江边”表现了诗人的悲切之情，抒英雄之志，表骨肉之情，悲痛凄楚，溢于言表。

背景

元和十四年（819）正月，唐宪宗命宦官从法门寺真身塔中将释迦文佛的一节指骨迎入宫廷供奉。韩愈看到这种信佛行为，便写了《论佛骨表》劝谏阻止唐宪宗，指出信佛对国家无益，结果触怒了唐宪宗，最后韩愈被贬为潮州刺史，责求即日上道。韩愈只身一人，仓促上路，走到蓝田关口时，写下这首诗。

名家点评

〔近代〕俞陛云：昌黎文章气节，震烁有唐。即以此诗论，义烈之气，掷地有声，唐贤集中所绝无仅有。(《诗境浅说》)

杨花榆荚无才思，惟解漫天作雪飞

晚春二首（其一）

唐 · 韩愈

草树知春不久归，百般红紫斗芳菲。
杨花榆荚无才思，惟解漫天作雪飞。

注释

不久归：将结束。

杨花：指柳絮。

榆荚：亦称榆钱。榆未生叶时，先在枝间生荚，荚小，形如钱，荚花呈白色，随风飘落。

才思：才华和能力。

解（jiě）：知道。

简析

这是一首描绘暮春景色的七绝。虽然诗只是写百花争奇斗艳的常景，但写得工巧奇特，别开生面。

“草树知春不久归，百般红紫斗芳菲”，描写了暮春之时百花争艳的场景，花草树木知道春天即将归去，都想留住春天的脚步，纷纷争奇斗艳。“杨花榆荚无才思，惟解漫天作雪飞”，连那没有美丽颜色的杨花和榆钱也不甘寂寞，随风起舞，化作漫天飞雪。诗中用拟人化手法，将人与花融为一体。“草木”本无情，竟然能“知”能“解”还能“斗”，而且还有“才思”高下有无之分。诗人运用独特的想象使人思之无穷，味之不尽。不仅如此，这首诗还反映了诗人对生活的思考：通过“草木”有“知”、惜春争艳的场景描写，表达对春天大好风光的珍惜之情。

背景

这首描绘暮春景色的七绝，摹花草灿烂之情状，熔景与理于一炉，在景物描写中提示人生哲理，颇富奇趣。

名家点评

〔清〕汪森：意带比兴，出口自活，以下数首皆然。(《韩柳诗选》)

〔近代〕朱宝莹：春日晚春，则处处应切晚字。首句从“春”字盘转到“晚”字，可谓善取逆势。二句写晚春之景。三句又转出一景，盖于红紫芳菲之中，方现十分绚烂之色，而无如杨花、榆荚不解点染，惟见漫天似雪之飞耳。四句分二层写，而“晚春”二字，跃然纸上。(《诗式》)

白居易

白居易（772—846），字乐天，号香山居士，又号醉吟先生，原籍山西太原，生于河南新郑，有“诗魔”“诗王”之称。白居易与元稹共同倡导新乐府运动，世称“元白”，与刘禹锡并称“刘白”。白居易的诗歌题材广泛，形式多样，语言平易通俗，代表诗作有《长恨歌》《琵琶行》《卖炭翁》等。

夜深知雪重，时闻折竹声

夜雪

唐·白居易

已讶衾枕冷，复见窗户明。
夜深知雪重，时闻折竹声。

注释

讶：惊讶。

衾（qīn）枕：被子和枕头。

重：大的意思，指雪下得很大。

折竹声：指大雪压折竹子的声响。

简析

这首诗朴实自然，诗境平易，从诗人的角度描写了夜雪之景。

“已讶衾枕冷，复见窗户明”，开篇先从触觉（冷）写起，再转到视觉（明）。一个“冷”字，暗示落雪已多时。“讶”字，也是在写雪。人之所以起初浑然不觉，待寒冷袭来才忽然醒悟，皆因雪落地无声。“衾枕冷”正说明夜来人已拥衾而卧，从而点出是“夜雪”。“复见窗户明”，从视觉的角度进一步写夜雪。夜深却见窗明，正说明雪下得大、积得深，是积雪的强烈反光给暗夜带来了亮光。“夜深知雪重，时闻折竹声”，这两句诗用的是倒装句式，“夜深知雪重”是果，“时闻折竹声”是因，构思巧妙，曲折有致。“折竹声”，衬托出了雪之“重”。“折竹声”于“夜深”而“时闻”，更显示出雪夜的宁静。这一结句以有声衬无声，使全诗的画面静中有动、清新淡雅，真切地呈现出一个万籁俱寂、银装素裹的清宁世界。

背景

这首诗当作于唐宪宗元和十一年（816）冬。当时白居易因上书论宰相遇刺事被贬江州，在寒冷寂静的深夜中看见窗外积雪有感而发，孤寂之情越发浓烈，写下了这首《夜雪》。

晚来天欲雪，能饮一杯无

问刘十九

唐·白居易

绿蚁新醅酒，红泥小火炉。
晚来天欲雪，能饮一杯无？

注释

刘十九：诗人的友人，名字生平不详。

绿蚁：指浮在新酿的没有过滤的米酒上的绿色泡沫。

醅（pēi）：酿造。

无：表示疑问的语气词，相当于“么”或“吗”。

简析

这是一首描写生活乐趣和真挚友谊的诗，如话家常，简明亲切。

“绿蚁新醅酒”，开门见山点出新酒，“红泥小火炉”，粗拙小巧的火炉朴素温馨，炉火正烧得通红。“红泥小火炉”对饮酒环境起到了渲染色彩、烘托气氛的作用。“晚来天欲雪，能饮一杯无？”诗人邀请老友来饮酒叙旧，更体现出诗人浓浓的情谊。“雪”这一意象作为朋友相聚畅饮的背景，寒风瑟瑟，大雪纷飞，越是寒冷，就越能反衬出火炉的炽热和友情的珍贵。

全诗寥寥二十字，没有深远寄托，没有华丽辞藻，字里行间却洋溢着热烈欢快的色调和温馨炽热的情谊，表现了温暖如春的诗情。

背景

此诗是白居易晚年隐居洛阳，天晚欲雪，思念旧人时所作。

名家点评

〔近代〕俞陛云：寻常之事，人人意中所有，而笔不能达者，得生花江管写之，便成绝唱，此等诗是也。末句之“无”字，妙作问语，千载下如闻声口也。（《诗境浅说续编》）

同为懒慢园林客，共对萧条雨雪天

雪夜小饮赠梦得

唐·白居易

同为懒慢园林客，共对萧条雨雪天。
小酌酒巡销永夜，大开口笑送残年。
久将时背成遗老，多被人呼作散仙。
呼作散仙应有以，曾看东海变桑田。

注释

梦得：唐代诗人刘禹锡，字梦得。

永夜：长夜，整夜。

残年：岁暮，一年将尽之时。

简析

这是一首记叙诗人在雪夜与友人酣饮畅谈的诗。

“同为懒慢园林客，共对萧条雨雪天”，交代了诗人和友人相遇的时间，即雪夜。“小酌酒巡销永夜，大开口笑送残年”，诗人与友人小酌慢饮，促膝叙谈，消磨了一整夜时间。兴之所至，便开怀大笑。这两句充分体现了诗人和友人的乐观豁达精神，即使身处暮年，却不被年龄困扰，而是痛快淋漓地饮酒畅谈。“久将时背成遗老，多被人呼作散仙”，“散仙”，突出了诗人放旷不羁、自由闲散的性格。“呼作散仙应有以，曾看东海变桑田”，尾联表现了诗人对生活达观的态度。

背景

白居易作此诗以赠刘禹锡，祈愿彼此都已年老之时，仍能常相聚首，把酒言欢。

日午微风且暮寒，春风冷峭雪干残

府酒五绝·招客

唐·白居易

日午微风且暮寒，春风冷峭雪干残。
碧毡帐下红炉畔，试为来尝一盏看。

注释

峭：寒冷。

毡帐：毡制的帐篷。

红炉：烧得很旺的火炉。

简析

“日午微风且暮寒，春风冷峭雪干残”，描写的是雪后之景。午后微风阵阵，快接近日暮的时候还是十分寒冷，春风寒冷刺骨，地上还留有之前的积雪。“碧毡帐下红炉畔，试为来尝一盏看”，虽然初春仍有寒意，但是室内却十分温暖，这两句与前两句形成鲜明的对比，冷峻的春风并不能阻挡诗人在室内烧上红炉，酣畅饮酒。“碧”和“红”这两个明艳的颜色和雪清冷的白色截然不同，将前两句赋予的寒冷之感完全驱除，取而代之的是温暖和温馨之感。“试为来尝一盏看”表现了诗人喜悦的心情，天气不佳并没有让他闷闷不乐，反而让诗人有了在室内取暖饮酒的闲情逸致。

背景

这是一首描写室内待客宴饮的诗。室外的寒冷与室内的温暖形成了鲜明的对比，诗人与友人把酒言欢，其乐融融。

独出前门望野田，月明荞麦花如雪

村夜

唐·白居易

霜草苍苍虫切切，村南村北行人绝。
独出前门望野田，月明荞麦花如雪。

注释

霜草：霜降后的秋草。
苍苍：指草灰白色的样子。
切切：象声词，形容声音轻细而急促。
野田：即田野。
荞麦：农作物，花开为白色。

简析

“霜草苍苍虫切切”，开篇写乡村的夜晚一片冷清，被霜打过的野草蔫蔫的连成一片，灰白的颜色看起来了无生机。虫声轻促，诗人写虫声之轻，衬托出夜晚之静。乡间夜晚人声寥寥，昆虫的轻鸣都能传入耳中。

“村南村北行人绝”，从村南到村北，白日热闹喧嚣的景象在夜间不见踪迹，路上没有行人，更无人声，一片寂然。

“独出前门望野田”，“独”为本诗的诗眼，诗人开门走出庭院，孤身一人看着门前的田野，在前面行人寥寥、霜草衰败景象的铺垫下，“独”点出诗人并非饶有兴致，其内心是孤独空寂的。

如墨的夜色下，“月明荞麦花如雪”，月光明亮，田野中荞麦花都开了，月光映照着一片白色的花海，像雪一般，显得更加干净清透。

全诗语言朴实无华，没有辞藻的堆砌，将常见的乡村夜晚写出了别样的味道，含蓄而真切地透露出诗人哀伤孤寂的心境。

背景

本诗为唐代诗人白居易在亲人逝去后、独居乡村时所作，描写了清冷的乡间夜景，透露出诗人内心的伤感和寂然。

名家点评

〔清〕王士祯：稻花、豆花、麦秀、黍离，皆以入诗。荞麦为五谷最下之品，而其花殊娇艳。唐人诗云："日落鸦飞散，满庭荞麦花。"荞麦自田野间物，讵可植之庭中？……白乐天诗"独出前门望野田，月明荞麦花如雪"，差不谬耳。(《带经堂诗话》)

刘禹锡

刘禹锡（772—842），字梦得，河南洛阳人，有“诗豪”之称。刘禹锡诗文俱佳，涉猎题材广泛，与柳宗元并称“刘柳”，与韦应物、白居易合称“三杰”，与白居易合称“刘白”。其诗大多自然流畅、简练爽利，有《陋室铭》《竹枝词》《乌衣巷》等名篇传世。

渡头轻雨洒寒梅，云际溶溶雪水来

松滋渡望峡中

唐 · 刘禹锡

渡头轻雨洒寒梅，云际溶溶雪水来。
梦渚草长迷楚望，夷陵土黑有秦灰。
巴人泪应猿声落，蜀客船从鸟道回。
十二碧峰何处所，永安宫外是荒台。

注释

松滋渡：长江渡口，在今湖北松滋西北。

溶溶：水流动的样子。

雪水：指江水。长江上游多高山，夏日积雪消融入江，故云。

梦渚：云梦泽中的小洲。

楚望：指楚国山川。

夷陵：楚国先王陵墓名，后作县名，在今湖北宜昌境内。

秦灰：秦军焚烧夷陵的灰烬。

巴人：巴地之人。巴，古国名，在今四川东部。

蜀客：蜀地之客。蜀，指四川。

鸟道：指人迹兽迹不到只有鸟能飞到的地方。

十二碧峰：指巫山十二峰，神女峰即其中之一。

永安宫：在白帝城内，为刘备托孤之所。

简析

这是一首写景兼怀古的诗。

“渡头轻雨洒寒梅”，先写松滋渡头的景色。细雨霏霏，洒落在寒梅之上，虽然美但不免使人产生凄迷之感，给全诗笼上了一层迷惘的气氛。“云际溶溶雪水来”，积雪消融，雪水从云间奔涌而来。“梦渚草长迷楚望，夷陵土黑有秦灰”，缅怀秦楚旧事，并写所见陆上之景。“楚望”，扣紧诗题“望”字，写小洲上青草生长繁茂，模糊了诗人的视线。诗人在此并不仅仅是追叙史事，而且以山川为见证，抒发了对历史兴亡的无限感慨。“巴人泪应猿声落，蜀客船从鸟道回”，写巴蜀道路之幽险，旅客之哀愁。“十二碧峰何处所，永安宫外是荒台”，以写景句作结，其实是对前途的展望，蕴涵深刻。

全诗紧扣一个“望”字，从写景入手，由景生情，抒发了诗人的感慨，取得了情景交融的艺术效果。

背景

刘禹锡从唐顺宗永贞元年（805）贬连州刺史出京，到宝历二年（826）冬应召还京，共计22年。其间曾担任朗州（今湖南常德）司马、夔州（今四川奉节）刺史。多次往返均经松滋渡。这首诗应是长庆元年（821）冬末春初赴夔州仕途中所写。

名家点评

〔明〕顾磷：此篇尚存中唐气调。(《批点唐音》)

〔明〕胡以梅：通篇典丽工切，洵是名家之作。(《唐诗贯珠》)

〔清〕屈复：一、二松滋渡，又点时。中四望峡中景物。“秦灰”，借《史记》白起烧夷陵，实暗用劫灭事，言沧桑多变也。七、八既见神女荒唐，又吊先主之遗踪，遥应“秦灰”句也。(《唐诗成法》)

柳宗元

柳宗元（773—819），字子厚，河东（现山西运城永济一带）人，“唐宋八大家”之一。其诗题材广泛，体裁多样。叙事诗文笔质朴，描写生动；寓言诗形象鲜明，寓意深刻；抒情诗更善于用清新峻爽的文笔，委婉深曲地抒写自己的心情。不论何种体裁，都写得精工密致，韵味深长。

孤舟蓑笠翁，独钓寒江雪

江雪

唐·柳宗元

千山鸟飞绝，万径人踪灭。
孤舟蓑笠翁，独钓寒江雪。

注释

绝：没有。

万径：虚指，指千万条路。

人踪：人的足迹。

孤：孤零零。

蓑笠（suō lì）：蓑衣和斗笠。笠：用竹篾编成的帽子。

独：独自。

简析

这是一首描写雪景的诗，诗歌中描绘了雪后万物寂静、人烟稀少，渔翁在孤舟上独钓的景象。

“千山鸟飞绝，万径人踪灭”，开篇写江野雪景，奠定了全诗幽冷的基调，从而描绘出一幅绝美的寒江独钓图。“千山”“万径”这两个词，反衬下面两句的“孤舟”和“独钓”。没有“千”“万”两字，“孤”“独”两字也就显得平淡无奇，缺乏感染力了。

“孤舟蓑笠翁，独钓寒江雪”，诗人将焦点集中在渔翁一人身上。扁舟渔翁，悠然于严风江雪间，其傲然独往的形象，令人心生敬意。其实，这种超凡脱俗、清冷孤傲的渔翁性格，正是被贬诗人心境的写照。

全诗意境幽僻，情调凄寂，渔翁形象清晰明朗，为千古传诵之名作。

背景

这首诗是柳宗元被贬到永州之后创作的，柳宗元寄情于山水，借歌咏隐居在山水之间的渔翁，寄托自己清高而孤傲的情感，抒发自己在政治上失意的郁闷苦恼。

名家点评

〔清〕徐增：余谓此诗乃子厚在贬时所作以自寓也。当此途穷日短，可以归矣，而犹依泊于此，岂为一官所系耶？一官无味如钓寒江之鱼，终亦无所得而已，余岂效此翁者哉！（《而庵说唐诗》）

〔近代〕俞陛云：空江风雪中，远望则写飞不到，近观则四无人踪，而独有扁舟渔父，一竿在手，悠然于严风盛雪间。其天怀之淡定，风趣之静峭，子厚以短歌为之写照，志和《渔父词》所未道之境也。(《诗境浅说续编》)

贾　岛

贾岛（779—843），字阆仙，自号“碣石山人”，唐朝河北道幽州范阳县（今河北省涿州）人，与孟郊并称“郊寒岛瘦”。其诗语言清淡朴素，以铸字炼句取胜，刻意求工。题材窄狭，缺少社会内容，多为写景、送别、怀旧之作，情调偏于荒凉凄苦。

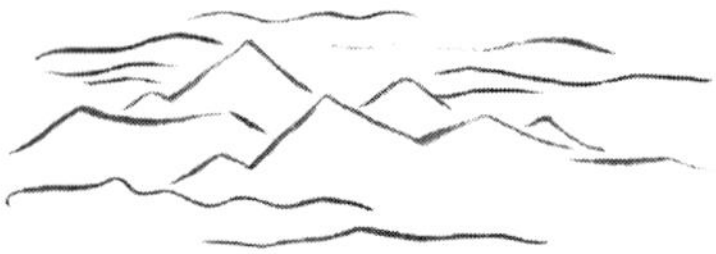

倚杖望晴雪，溪云几万重

雪晴晚望

唐·贾岛

倚杖望晴雪，溪云几万重。
樵人归白屋，寒日下危峰。
野火烧冈草，断烟生石松。
却回山寺路，闻打暮天钟。

注释

白屋：以白茅覆盖的屋，贫者所居。
危峰：高耸的山峰。

石松：石崖上的松树。

却回：返回。

暮天钟：寺庙里用以报时的钟鼓。

简析

这首诗描绘了一幅寒寂的空山晚晴图。诗句淡笔勾勒，意象清冷峭僻，空旷寂寥。

“倚杖望晴雪，溪云几万重”，起笔即点出“望”字。薄暮时分，雪霁天晴，诗人乘兴出游，倚着手杖向远处眺望。远山近水，显得更加秀丽素洁。极目遥天，在夕阳斜照下，溪水上空升腾起鱼鳞般的云朵，幻化多姿，几乎“万重”。

“樵人归白屋，寒日下危峰”，“归”“下”二字勾勒出山间的生气和动态。在遍山皑皑白雪中，有采樵人缓缓下山，回到白雪覆盖的茅舍。白屋的背后则是冷光闪闪、含山欲下的夕阳。山峰在晚照中显得更加壮观。樵人初归白屋，寒日欲下危峰，在动静光色的摹写中，透出了一股清冷。随后诗人视线又移向另一角度。

“野火烧冈草，断烟生石松”，“野火”和“断烟”是远景描写，一明一暗，随着时间的推移而变化。

“却回山寺路，闻打暮天钟”，在这充满山野情趣的环境中，骋目娱怀的归途上，诗人清晰地听到山寺响起的清越的钟声，平添了浓郁的诗意。

背景

贾岛于唐元和十一年（816）长安应举落第，次年与从弟寄居长安西南圭峰草堂寺。这首诗大约写于此时。

名家点评

〔元〕方回：晚唐诗多先锻景联、颔联，乃成首尾以足之。此作似乎一句唱起，直说至底者。(《瀛奎律髓》)

〔清〕范大士：通首俱切，结更佳。(《历代诗发》)

李　贺

李贺（约791—约817），字长吉，唐代河南福昌（今河南洛阳宜阳县）人，有“诗鬼”之称。李贺的诗作想象极为丰富，经常通过神话传说来托古寓今。其诗刻意锤炼语言，造语奇隽，凝练峭拔，色彩秾丽。代表诗作有《雁门太守行》《李凭箜篌引》等。

大漠沙如雪，燕山月似钩

马诗二十三首（其五）

唐·李贺

大漠沙如雪，燕山月似钩。
何当金络脑，快走踏清秋。

注释

燕山：即燕然山，常代指征战对象。
金络脑：黄金做的马络头。
清秋：清冷的秋天。

简析

本诗为咏马诗，全诗采用比兴手法，诗人托以咏马，写边关特有的辽远景象，“何当”一句以骏马自比，咏马中蕴含着诗人快意雄壮的内心世界。

“大漠沙如雪，燕山月似钩”，首句写茫茫大漠中，沙子似雪一般堆积，远处的燕然山上，弯月如钩挂在山侧。本是空旷荒凉的边塞景致，却被诗人写出了典雅优美的意境，可见诗人内心的向往之情。边塞是诗人的理想寄托，所以不见苦寒孤寂，而是别有一番辽远豪迈的气韵。

“何当金络脑”一句为本诗的诗旨，“伯乐相马”的典故蕴含其中，骏马佩戴上金络头，代表着马的神勇和重用。对于求仕坎坷的诗人来说，需要的就是慧眼识马的伯乐。马儿一旦得到重用，就能“快走踏清秋”，飞驰之间几乎将秋季踏在脚下，雅致间更显豪情。诗人如能得到赏识，定会立身边关，实现报国之志。

这首诗虽含蓄托以咏马，但可见诗人内心深处不甘于平庸的理想追求和深切的爱国之情。

背景

此诗为李贺所作《马诗》一组中的第五首，李贺被后人称为“诗鬼”，诗风奇诡充满想象。诗人仕途不顺、怀才不遇，以骏马自喻，表达了诗人渴望投身边塞、建功立业的豪情壮志。

名家点评

〔清〕姚文燮：边氛未靖，奇才未伸。壮士于此，不禁雄心跃跃。(《昌谷集注》)

〔清〕方扶南：此言苟能世用，致远不难。(《李长吉诗集批注》)

温庭筠

温庭筠（约812—约866），本名岐，字飞卿，唐代并州祁县（今山西晋中祁县）人。温庭筠精通音律、工诗，与李商隐齐名，时称“温李”。其诗辞藻华丽，浓艳精致，内容多写闺情。其词艺术成就在晚唐诸词人之上，为“花间派”首要词人，对词的发展影响较大。在词史上，与韦庄齐名，并称“温韦”。其词作更是刻意求精，注重词的文采和声情，被尊为“花间词派”之鼻祖。

帐外风飘雪，营前月照沙

敕勒歌塞北

唐·温庭筠

敕勒金帻壁，阴山无岁华。
帐外风飘雪，营前月照沙。
羌儿吹玉管，胡姬踏锦花。
却笑江南客，梅落不归家。

注释

敕勒：我国古代北方民族名，也称铁勒。

阴山：今河套以北、大漠以南诸山的统称。

羌：我国古代西部民族之一。

玉管：羌笛。

踏锦花：胡旋舞，居一小圆球上作舞，双足纵横腾掷，终不离球上。

江南客：漂泊北地的南方人。

梅落：古笛曲名。

简析

这是一首通过描写塞外风景传达思乡之情的诗。前四句是对塞外风景的描写，突出了塞外与江南之景的迥然不同。“帐外风飘雪，营前月照沙”，塞外山上寸草不生，岩石跌宕，帐外凛冽的寒风夹杂着大雪。掀开帐帘，出门便能看见月光照在沙土上。“雪”“月”“沙”都是塞外常见意象，诗人描绘出了一幅雄浑壮阔的边塞景观。

“羌儿吹玉管，胡姬踏锦花”，诗人借玉管和胡旋舞再一次展现了塞外的特征。玉管和胡旋舞衬托的是欢乐热烈的气氛，而“梅落不归家”则与之形成强烈反差。正是在这种炽热的气氛下才会让诗人这样漂泊在外的人愈加思念家乡。

李商隐

李商隐（约813—约858），字义山，号玉溪生，又号樊南生，祖籍怀州河内（今河南焦作沁阳），晚唐著名诗人。和杜牧合称“小李杜”，与温庭筠合称“温李”。其诗构思新奇，风格秾丽，尤其是一些爱情诗和无题诗写得缠绵悱恻，优美动人，广为传诵。但部分诗歌过于隐晦迷离，难于索解。

散关三尺雪，回梦旧鸳机

悼伤后赴东蜀辟至散关遇雪

唐·李商隐

剑外从军远，无家与寄衣。
散关三尺雪，回梦旧鸳机。

注释

悼伤：即悼亡，指丧妻。

东蜀：即东川，治所在梓州（今四川三台县）。

散关：又称大散关，在今陕西宝鸡市西南。

剑外：剑阁之外。剑阁在今四川剑阁县北。

从军：指赴节度使幕府。

鸳机：刺绣的工具。

简析

这首诗表达了诗人对亡妻的悼念。

“剑外从军远”，点明这次远行的原因是“从军”，即入节度使幕府。寒冬之际，作者孑然一身，行囊单薄，自然使人产生苦寒之思，又自然地使人盼望家中妻子寄棉衣来。可是，诗人的妻子已经不在人间，这种希望只能落空。“无家与寄衣”，蕴意至深。一路风霜，万般凄苦，都蕴含在这淡淡的一句诗中。诗人善于用具体细节表达抽象的思念，用寄寒衣这一生活中的小事，倾泻自己心底的悲痛和巨大的哀思。

“散关三尺雪”是全诗的承转之辞，上承“遇雪”诗题，表现出凄凉漂泊之感；同时，大雪奇寒与无家寄衣联系起来，以雪夜引出温馨的梦境，转入下文。作者在睡梦中看到妻子正坐在旧时的鸳机上为他赶制棉衣。“回梦旧鸳机”，情意真挚悲切。以温馨的梦境反衬冰冷严酷的现实，更见诗人内心痛苦之深。

背景

诗人的妻子王氏于大中五年（851）秋突然病逝，诗人万分悲痛。同年冬天，他从军赴东川，这首诗就写于赴蜀途中。

名家点评

〔清〕姚培谦：悲在一“旧”字。(《李义山诗集笺注》)

〔近代〕俞陛云：此玉溪悼亡之意也。昔年砧杵西风，恐寒到君边，征衣先寄。今则客子衣单，散关立马，风雪漫天，回首鸳鸯机畔，长簟床空，当日寒闺刀尺，怀远深情，徒萦梦想耳。(《诗境浅说续编》)

晓鸡惊树雪，寒鹜守冰池

幽居冬暮

唐·李商隐

羽翼摧残日，郊园寂寞时。
晓鸡惊树雪，寒鹜守冰池。
急景忽云暮，颓年寖已衰。
如何匡国分，不与夙心期。

注释

羽翼摧残：鸟儿的翅膀被折断。
郊园：城外的园林。
晓鸡：报晓的鸡。
鹜（wù）：鸭子。
急景：同“短日”，急驰的日光。
颓（tuí）年：犹言衰老之年。
寖（jìn）：渐渐。
匡（kuāng）国：匡正国家。
夙（sù）心：平素的心愿。

简析

“羽翼摧残日，郊园寂寞时”，首联概括诗人一生受挫、晚年困顿的实况。诗人晚年身心俱疲，只能退守老家，过着寂寞无聊的日子。

“晓鸡惊树雪，寒鹜守冰池”，诗人如实描写了冬日雪景。因为树上积雪的反光，鸡误以为天明而鸣叫，鸭子仍然在寒冷的池塘中。诗人借景抒情，抒发了寂寥之感。

“急景忽云暮，颓年寖已衰”，颈联照应诗题冬“暮”。“暮”字双关，冬季日短，暮色很快来临；随着时光的流逝，自己也进入了衰颓的晚景。人到晚年，“羽翼摧残”，也不可能再有作为了。

“如何匡国分，不与夙心期”，诗人的内心迸发出强烈的呼喊：为什么平生匡国济世的抱负，不能与早年的心愿相合呢？感伤的情调笼罩全篇，从“羽翼摧残”到“急景”“颓年”，尤其是晓鸡、寒鹜的具体形象，都是如此。“夙心”未遂，“匡国”无门，这首诗是李商隐悲剧生涯总结性的自白。

背景

大中十二年（858）冬，李商隐罢盐铁推官后，还郑州闲居，细想平生，百感交集，匡国无路，夙愿难期，于是写下这首诗。

名家点评

〔清〕姚培谦：急景颓年，致身料已无分，然夙志未尝忘也。(《李义山诗集笺注》)

〔清〕屈复：一罢官，二幽居，三、四冬，五、六暮，结应起句。(《玉溪生诗意》)

桃李盛时虽寂寞，雪霜多后始青葱

题小松

唐·李商隐

怜君孤秀植庭中，细叶轻阴满座风。
桃李盛时虽寂寞，雪霜多后始青葱。
一年几变枯荣事，百尺方资柱石功。
为谢西园车马客，定悲摇落尽成空。

注释

君：指小松。

柱石：担当国家重任者。

为谢：替我告诉。

车马客：指乘车马去西园游赏的人们。

摇落：凋谢，衰败。

简析

本诗前四句写小松的孤挺秀姿以及不怕寂寞、不畏霜雪、四季常青的高尚品格，寄寓着诗人自我修养的目标。后四句借小松表达对煊赫一时的显贵们的轻蔑。尽管一年之中，桃李花卉荣枯多变。但小松不为所动，倔强成长，期待成为栋梁之材，以效大用。它相信，浓艳一时的桃李在寒冬凋谢之后，游人们就会对它们大失所望，而注目于松树的青葱挺拔。诗人借用小松表现自己不同流合污的政治思想，并讽刺那些趋炎附势的小人。

全诗不用一典，清新流畅，形象生动，比喻贴切，寄托深远，风格明快。

背景

这首诗咏物言志，借景抒情，热情地赞扬小松不畏霜雪、刚劲挺拔、四季常青的高尚品质，寄寓着诗人自己的政治抱负和顽强意志。

名家点评

〔清〕宋荦：世之称诗者，易言律，尤易言七言律。义山造意幽邃，感人尤深，学者皆宜寻味。(《漫堂说诗》)

韦 庄

韦庄（约836—约910），字端己，京兆杜陵（今属陕西西安）人。韦庄的词与温庭筠齐名，并称“温韦”。韦词语言清丽，多以白描手法写闺情愁绪及游乐生活。

垆边人似月，皓腕凝霜雪

菩萨蛮·人人尽说江南好

唐·韦庄

人人尽说江南好，游人只合江南老。春水碧于天，画船听雨眠。

垆边人似月，皓腕凝霜雪。未老莫还乡，还乡须断肠。

注释

游人：这里指漂泊江南的人，即作者自谓。

只合：只应。

碧于天：一片碧绿，胜过天色。

垆边：指酒家。

皓腕：形容双臂洁白如雪。

凝霜雪：像霜雪凝聚那样洁白。

须：必定，肯定。

简析

这首词描写了江南水乡的风光美和人物美，表现了诗人对江南水乡的依恋之情，也抒发了诗人漂泊难归的愁苦之感。

“人人尽说江南好，游人只合江南老”，诗人从常人的视角出发，描写江南之景的美丽，为后文的情感转折做铺垫。“春水碧于天，画船听雨眠”和“垆边人似月，皓腕凝霜雪”，承接第一句的江南好，具体描述了江南之美。“春水碧于天，画船听雨眠”是江南的景色之美，而“垆边人似月，皓腕凝霜雪”则是江南人之美。“未老莫还乡，还乡须断肠”，却突然由喜转悲，词人表面上写得很旷达，因为还没有老所以不需要还乡，而实则是对故乡欲归不得的盘旋郁结的感情。“还乡须断肠”，故乡弥漫着战乱烽火，回去只会有断肠的悲哀。

背景

这首词作于韦庄晚年寓居蜀地之时，是词人回忆江南旧游而作。

名家点评

〔清〕张惠言：此章述蜀人功留之辞，江南即指蜀。中原沸乱，故曰：“还乡须断肠。”(《词选》)

〔清〕陈廷焯：风流自赏，决绝语，正是凄楚语。(《云韶集》)

王 建

王建（768—835），字仲初，颍川（今河南许昌）人，唐朝诗人。其诗题材广泛，同情百姓疾苦，生活气息浓厚，思想深刻。善用比兴、白描、对比等手法，常在结尾以重笔突出主题。语言通俗凝练，富有民歌谣谚色彩。代表诗作有《田家行》《射虎行》等。

雪后每常同席卧，花时未省两山居

寄旧山僧

唐·王建

因依老宿发心初，半学修心半读书。
雪后每常同席卧，花时未省两山居。
猎人箭底求伤雁，钓户竿头乞活鱼。
一向风尘取烦恼，不知衰病日难除。

注释

老宿：老僧。
修心：修养心性。

每常：常常。

未省：未曾，没有。

钓户：指渔家。

简析

“因依老宿发心初，半学修心半读书”，首联言诗人在得道僧人的启发下一边修养心性一边读书治学。“雪后每常同席卧，花时未省两山居”描述诗人在雪后常常和僧者同席而卧探讨学问，时有参禅之念，经常忘记回家，表现出诗人的随性自在。“猎人箭底求伤雁，钓户竿头乞活鱼”表达了诗人崇尚保护鱼、雁等野生动物，救助生命、戒杀放生的思想。“一向风尘取烦恼，不知衰病日难除”带有自嘲之意，虽然前面的诗句里说自己半学修心，但是自己终归是俗人一个，摆脱不了尘世的困扰。

背景

这首诗描写了诗人王建与高僧雪后同席而卧、参禅悟道的随性生活。

名家点评

〔明〕陆时雍：王建七言稳得情事，兼带风味得佳。(《唐诗镜》)

〔明〕许学夷：七言律，王建尚奇而昧于正，尚意而略于辞。(《诗源辩体》)

欧阳修

欧阳修（1007—1072），字永叔，号醉翁，晚号六一居士，吉州永丰（今江西吉安永丰县）人，北宋政治家、文学家。欧阳修是宋代文学史上最早开创一代文风的文坛领袖。他领导了北宋诗文革新运动，继承并发展了韩愈的古文理论。其诗议论、叙事、抒情融为一体，语言清新流畅，风格流丽婉转。

柳重烟深，雪絮飞来往

蝶恋花·面旋落花风荡漾

宋·欧阳修

面旋落花风荡漾。柳重烟深，雪絮飞来往。雨后轻寒犹未放，春愁酒病成惆怅。

枕畔屏山围碧浪。翠被华灯，夜夜空相向。寂寞起来褰绣幌，月明正在梨花上。

注释

面旋落花：花片旋转着扑面而来。

雪絮：柳絮。

放：放晴。

屏山：屏风。

褰：拉开。

绣幌：绣帘。

简析

这是一首闺怨词，写女子思念情人的心态，可谓是一唱三叹，余音袅袅。

词的上阕写春去愁生。“面旋落花”“柳重烟深”，一派春意阑珊的景象。落花同柳絮交织飞舞，不落窠臼。春归花落使人感伤，更何况“雨后轻寒”“春愁酒病”，女子的惆怅也就在所难免了。

下阕写空室独处，孤单寂寞。“屏山围碧浪”，含不尽心潮；空向华灯、翠被，禁不住独褰绣幌，极哀艳。“月明正在梨花上”，写女子半夜起来拉开窗帘，茕茕孑立的人与梨花，都在月光的映照之下，画面鲜明，形象生动，传达出了一种难以排解而又百无聊赖的情绪。

背景

这是一首很典型的婉约词，大约作于欧阳修年轻时。欧阳修词作善于表现细腻柔美的情感，用语典雅清丽。

名家点评

〔宋〕罗大经：欧阳公虽游戏作小词，亦无愧唐人《花间集》。(《鹤林玉露》)

〔清〕冯煦：宋至文忠，文始复古，天下翕然师尊之，风尚

为之一变。即以词言，亦疏隽开子瞻，深婉开少游。(《宋六十家词选例言》)

种处雪消春始动，开时霜落雁初过

木芙蓉

宋・欧阳修

种处雪消春始动，开时霜落雁初过。
谁栽金菊丛相近，织出新番蜀锦窠。

注释

金菊：指黄色的菊花。

蜀锦：原指四川生产的彩锦。后亦为织法似蜀的各地所产之锦的通称。多用染色熟丝织成，色彩鲜艳，质地坚韧。

简析

这首七言绝句是欧阳修咏木芙蓉之作。木芙蓉开放于秋季，与菊花属同一时节，多于春季栽培。故此诗人说“种处雪消春始动，开时霜落雁初过”，从春到秋，都与木芙蓉相伴，也表达了诗人对它的喜爱。

“谁栽金菊丛相近，织出新番蜀锦窠”写出了菊花与木芙蓉邻近，而同时盛放的灿烂景象。蜀锦以纹理鲜明、颜色辉煌闻名，诗人以此比喻繁花盛开之景，可谓别出机杼，生动地将明丽花丛展现在读者的面前。

本诗清新可喜，流畅自然，描摹盛景而不事雕琢，继承了诗人一贯清正含蓄的语言风格。

背景

本诗是诗人在秋季木芙蓉、菊花盛开之时所作，抒发了对繁花盛开的赞叹之情。

残雪压枝犹有橘，冻雷惊笋欲抽芽

戏答元珍

宋・欧阳修

春风疑不到天涯，二月山城未见花。
残雪压枝犹有橘，冻雷惊笋欲抽芽。
夜闻归雁生乡思，病入新年感物华。
曾是洛阳花下客，野芳虽晚不须嗟。

注释

元珍：丁宝臣，字元珍，常州晋陵（今江苏常州市）人，时为峡州军事判官。

天涯：极边远的地方。

山城：指夷陵。

残雪：初春雪还未完全融化。

冻雷：初春时节的雷。

归雁：春季雁向北飞。

物华：美好的景物。

简析

“春风疑不到天涯，二月山城未见花”，突出了山城偏僻的特点，夷陵小城，地处偏远，山重水满，虽然是二月，却依然春风难到，百花未开。既点明了作诗的时间、地点和山城早春的气象，又抒发了诗人山居寂寞的情怀。“春风疑不到天涯”更透露出诗人被贬后的抑郁情绪。“残雪压枝犹有橘，冻雷惊笋欲抽芽”，细写山城荒凉之景，写出了残雪累累、寒雷殷殷中蕴含的生机。“夜闻归雁生乡思，病入新年感物华”，诗人远谪山乡，心情苦闷，夜不能寐，听到北归春雁的声声鸣叫，勾起了对故乡的思念。时光流逝，万物更迭，诗人感慨万千。“曾是洛阳花下客，野芳虽晚不须嗟”，是诗人的自我安慰。诗人曾在洛阳做过留守推官，见过盛名天下的洛阳名花，因此见不到此地晚开的野花也不用遗憾了。

这首诗以自嘲的口吻，抒发了诗人脱身朝廷政治旋涡以后在平静生活中的寂寞与无奈。

背景

宋仁宗景祐三年（1036）五月，欧阳修降职为峡州夷陵（今湖北宜昌）县令。次年，朋友丁宝臣（元珍）写了一首题为《花时久雨》的诗给他，欧阳修便写了这首诗作答。

名家点评

〔元〕方回：盖“春风疑不到天涯”一句，未见其妙，若可惊异；第二句云“二月山城未见花”，即先问后答，明言其所谓也。以后句句有味。(《瀛奎律髓》)

王安石

王安石（1021—1086），字介甫，号半山，临川人，北宋著名思想家、政治家、文学家。其诗“学杜得其瘦硬”，重炼意和修辞，擅长说理与修辞，晚年诗风含蓄深沉、深婉不迫，以雅丽精绝的风格在北宋诗坛自成一家，世称“王荆公体”。

巾发雪争出，镜颜朱早凋

壬辰寒食

宋·王安石

客思似杨柳，春风千万条。
更倾寒食泪，欲涨冶城潮。
巾发雪争出，镜颜朱早凋。
未知轩冕乐，但欲老渔樵。

注释

壬辰：即北宋皇祐四年（1052）。

寒食：节令名，在农历清明前一日或二日。

客思：客中游子的思绪。

冶城：三国时吴冶铸之地，因以为名，故址在今南京市朝天宫附近。

巾：头巾。

雪：白发。

朱：红色，常形容青春的容颜。

轩冕：古代公卿大夫的车服，因以指代官位爵禄。

老：终老。

渔樵：渔人和樵夫，指代隐逸生活。

简析

这首诗表达了诗人对逝去亲人的思念，以及意欲归隐的愿望。

“客思似杨柳，春风千万条”，首联即景言情。春风杨柳，正是时景。诗人借其千枝万枝，喻游宦之思绪无穷。“更倾寒食泪，欲涨冶城潮”，“倾泪”可涨冶城之潮，诗人之悲苦可见一斑。“巾发雪争出，镜颜朱早凋”，用“雪”与“朱”两个颇具色彩的字极其生动形象地描写了诗人未老先衰的状况，隐含着诗人对过早衰老的悲叹之情。这种悲叹与全诗抒发的客思之愁、寒食之哀以及为官不快的情绪融合在一起，使诗人关于衰老的感叹更为深沉。“未知轩冕乐，但欲老渔樵”，诗人自言退意，表达了归隐的愿望。

背景

此诗为北宋皇祐四年（1052）王安石自舒州通判任上回江宁祭扫父亲墓时所写，当时王安石32岁。

名家点评

〔宋〕张舜民：王介甫如空中之音，相中之色，欲有寻绎，不可得矣。(《宾退录》)

天上云骄未肯同，晚来雪意已填空

欲雪

宋·王安石

天上云骄未肯同，晚来雪意已填空。
欲开新酒邀嘉客，更待天花落坐中。

注释

欲雪：将要下雪。

填：充满。

天花：雪花。

简析

这首诗描写了下雪之前的景象。

“天上云骄未肯同，晚来雪意已填空”是对环境的描写。此时天空仍然是浮云朵朵，但是已有了下雪的迹象。诗人在这句运用了拟人的手法，纵使云朵再骄傲不愿意离开也不能阻挡雪的到来。“填”字生动地展现了雪将下却未下之景。

“欲开新酒邀嘉客，更待天花落坐中”是对诗人心情的描写。待到雪花飘洒入怀时，举杯赏雪，才是饶富情趣的事。前两句并没有直接表现出诗人对雪的期待，而这句则直接传达了诗人希望雪花能够早些飘落，那样就能和友人边赏雪边饮酒了。

纵被春风吹作雪，绝胜南陌碾成尘

北陂杏花

宋 · 王安石

一陂春水绕花身，花影妖娆各占春。
纵被春风吹作雪，绝胜南陌碾成尘。

注释

陂（bēi）：池塘。
花影：花枝在水中的倒影。
纵：即使。
绝胜：远远胜过。
南陌：指道路边上。

简析

这首诗托物言志，寄寓了诗人政治上失意时宁受贬逐也不改变志节的高尚情怀。

“一陂春水绕花身，花影妖娆各占春”写景状物，描绘杏花临水照影的娇媚。首句点明杏花所处地理位置。一池碧绿的春水环绕着杏树，预示着勃发的生机。“绕”字既写陂水曲折蜿蜓，又写水花相依相亲。次句从花与影两个方面写杏花的绰约风姿。满树繁花竞相开放，满池花影摇曳迷离。“妖娆”二字本用于写人，这里移用于杏花，展现了杏花争奇斗妍的照人光彩。一个“各”字，表明在诗人眼中，花与影一样美艳，一样令人流连忘返。

“纵被春风吹作雪，绝胜南陌碾成尘”，褒扬北陂杏花品性之美。“春风吹作雪”描绘出了风吹杏树，落英缤纷，似漫天飞雪的景象。“绝胜南陌碾成尘”，写杏花谢后，随风飘散，宛如雪片纷飞，即使落入陂池，也胜过飘零南陌，碾做尘土，遭人践踏。

全诗托物言志，既有景物描绘，又有感情抒发，情景交融，意境幽远。

背景

这首诗写于王安石变法失败贬居江宁（今南京）之后，是他晚年心境的真实写照。诗人借杏花写自己即使身处逆境也决不与邪恶势力同流合污的高尚情操。

名家点评

〔清〕吴之振：安石遗情世外，其悲壮即寓闲淡之中。(《宋诗钞初集·临川诗钞序》)

苏　轼

苏轼（1037—1101），字子瞻，号东坡居士，眉州眉山（今四川眉山）人，祖籍河北栾城，北宋文学家、书法家、画家。苏轼是北宋中期的文坛领袖，在诗、词、散文、书、画等方面取得了很高的成就。其诗题材广阔，清新豪健，善用夸张比喻，独具风格，与黄庭坚并称“苏黄”；其词开豪放一派，与辛弃疾同是豪放派代表，并称“苏辛”；其文纵横恣肆，气势雄放。

惆怅东栏一株雪，人生看得几清明

东栏梨花

宋 · 苏轼

梨花淡白柳深青，柳絮飞时花满城。
惆怅东栏一株雪，人生看得几清明。

注释

东栏：庭院门口的栏杆。

柳深青：春意浓。

雪：这里喻指梨花。

清明：清澈明朗。

简析

此诗通过写梨花盛开而抒发了诗人感叹春光易逝、人生短促之愁情。

“梨花淡白柳深青，柳絮飞时花满城”，以“淡白”状梨花，以“深青”状柳叶，不仅精确地把握住了春末夏初梨花、柳叶的特征，而且暗含了伤春之感。“柳絮飞时花满城”，写梨花盛开、柳絮纷飞之状，回复的句式加重了抒情的色彩。“惆怅东栏一株雪，人生看得几清明”，梨花洁白如雪，诗人由梨花的盛开联想到人生的短暂，不禁有“人生如寄”之感。

背景

此诗作于熙宁十年（1077）。熙宁九年冬天，苏轼离开密州，接任他密州知府职位的是孔宗翰。第二年春天，苏轼到徐州赴任，写了五首绝句给孔宗翰。这是其中的一首。

名家点评

〔清〕王士祯：汉魏以来，二千余年间，从诗名其家者众矣。顾所号为仙才者，唯曹子建、李太白、苏子瞻三人而已。(《带经堂诗话》)

人生到处知何似，应似飞鸿踏雪泥

和子由渑池怀旧

宋·苏轼

人生到处知何似，应似飞鸿踏雪泥。
泥上偶然留指爪，鸿飞那复计东西。
老僧已死成新塔，坏壁无由见旧题。
往日崎岖还记否？路长人困蹇驴嘶。

注释

子由：即苏轼弟弟苏辙，字子由。

渑（miǎn）池：地名，今属河南。

老僧：即指奉闲。苏辙诗自注："昔与子瞻应举，过宿县中寺舍，题其老僧奉闲之壁。"

坏壁：指奉闲僧舍。嘉祐三年（1058），苏轼与苏辙赴京应举途中曾寄宿奉闲僧舍并题诗僧壁。

蹇（jiǎn）驴：腿脚不灵便的驴子。蹇，跛脚。

简析

这首著名的哲理诗，表达了诗人对人生深刻的感悟与认识，成语"雪泥鸿爪"就从此而来。

此诗前四句一气贯串，自由舒卷，超逸绝伦，散中有整，行文自然。"人生到处知何似，应似飞鸿踏雪泥"，首联以雪泥鸿爪比喻人生，有发人深思、引人入胜的作用。颔联又以"泥""鸿"领起，对"飞鸿踏雪泥"做进一步阐发。诗人把人生看作漫长的征途，所到之处，就像万里飞鸿偶然在雪泥上留下爪痕。颈联和尾联照应“怀旧”诗题，以叙事之笔，深化雪泥鸿爪的感触。颈联言僧死壁坏，故人不可见，旧题无处觅，可见人事无常，是“雪泥”“指爪”感慨的具体化。尾联是针对苏辙原诗“遥想独游佳味少，无言骓马但鸣嘶”而引发的对往事的追溯。回忆当年旅途艰辛，有珍惜现在勉励未来之意，因为人生的无常，更显人生的可贵。

全诗悲凉中有达观，低沉中有昂扬，读完并不觉得人生空幻，反有一种眷恋之情荡漾心中，犹如冬夜微火。于“怀旧”中展望未来，意境阔远。

背景

此诗作于苏轼经渑池（今属河南），忆及苏辙曾有《怀渑池寄子瞻兄》一诗，从而和之。

名家点评

〔清〕纪昀：“前四句单行入律，唐人旧格；而意境恣逸，则东坡本色。”（《纪评苏诗》）

乱石穿空，惊涛拍岸，卷起千堆雪

念奴娇·赤壁怀古

宋·苏轼

大江东去，浪淘尽，千古风流人物。故垒西边，人道是、三国周郎赤壁。乱石穿空，惊涛拍岸，卷起千堆雪。江山如画，一时多少豪杰。

遥想公瑾当年，小乔初嫁了，雄姿英发。羽扇纶巾，谈笑间、樯橹灰飞烟灭。故国神游，多情应笑我，早生华发。人生如梦，一尊还酹江月。

注释

大江：长江。

淘：冲洗，冲刷。

风流人物：指杰出的历史名人。

故垒：过去遗留下来的营垒。

周郎：指三国时吴国名将周瑜。

雪：比喻浪花。

小乔：乔玄有两个女儿，名大乔、小乔，美艳动人，小乔嫁给了周瑜。

雄姿英发：谓周瑜体貌不凡，言谈卓绝。英发，谈吐不凡，见识卓越。

纶（guān）巾：用青丝带制成的头巾。

故国：这里指旧地，当年的赤壁战场。

神游：于想象、梦境中游历。

华发（fà）：花白的头发。

尊：通“樽”，酒杯。

酹（lèi）：古人以酒浇在地上祭奠。

简析

这首词是苏轼谪居黄州时所作，历来被看作苏轼豪放词的代表。

上阕即景抒怀，通过描写古战场，引起读者对古代英雄人物的缅怀。起首三句纵贯古今，气势恢宏，唤起读者对历史人物的追思。“故垒西边，人道是、三国周郎赤壁”三句，点明了词人的怀古之地——赤壁，为下文怀古抒情做铺垫。“乱石穿空，惊涛拍岸，卷起千堆雪”，通过描绘陡峭不平的石壁直插苍穹，惊涛拍打着江岸，卷起千层巨浪，表现了赤壁的险要之势和雄伟壮丽的景色，意境开阔，格调雄浑。

下阕着重写人，借对周瑜的仰慕，抒发自己功业无成的感慨。“遥想公瑾当年，小乔初嫁了，雄姿英发”，以美人烘托英雄，更见出周瑜的风姿潇洒，年轻有为，足以令人艳羡。“羽扇纶巾，谈笑间、樯橹灰飞烟灭”，寥寥几笔，刻画出了周瑜在赤壁之战中运筹帷幄、指挥若定的神态。“多情应笑我，早生华发”，通过强烈的对比，衬托出词人壮志未酬的郁闷和感伤。

全词借古抒怀，笔力遒劲，境界宏阔，将写景、咏史、抒情融为一体，给人以撼魂荡魄的艺术力量，被誉为“古今绝唱”。

背景

这首词是宋神宗元丰五年（1082）苏轼谪居黄州时所写，当时作者47岁，因“乌台诗案”被贬黄州已两年有余。

名家点评

〔宋〕胡仔：东坡“大江东去”赤壁词，语意高妙，真古今绝唱。(《苕溪渔隐丛话》)

〔元〕元好问：东坡赤壁词殆戏以周郎自况也。词才百余字，而江山人物无复余蕴，宜其为乐府绝唱。(《题闲闲书赤壁赋后》)

〔清〕黄苏：题是怀古，意谓自己消磨壮心殆尽也。开口“大江东去”二句，叹浪淘人物，是自己与周郎俱在内也。“故垒”句至次阕“灰飞烟灭”句，俱就赤壁写周郎之事。“故国”三句，是就周郎拍到自己。“人生如梦”二句，总结以应起二句。总而言之，题是赤壁，心实为己而发。周郎是宾，自己是主。借宾定主，寓主于宾。是主是宾，离奇变幻，细思方得其主意处。不可但诵其词，而不知其命意所在也。(《蓼园词选》)

晏几道

晏几道（1038—1110），北宋著名词人。字叔原，号小山，抚州临川（今属江西）人。性孤傲，中年家境中落。与其父晏殊合称“二晏”。词风似父而造诣过之。工于言情，其小令语言清丽，感情深挚，尤负盛名。多写爱情生活，是婉约派的重要代表人物。有《小山词》留世。

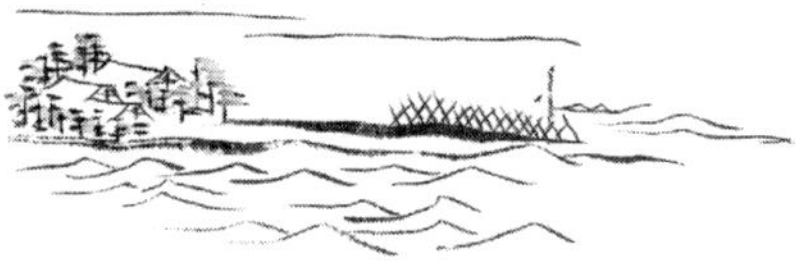

柳垂江上影，梅谢雪中枝

临江仙·身外闲愁空满

宋·晏几道

身外闲愁空满，眼中欢事常稀。明年应赋送君诗。细从今夜数，相会几多时。

浅酒欲邀谁劝，深情惟有君知。东溪春近好同归。柳垂江上影，梅谢雪中枝。

注释

临江仙：词牌名。双调，上阕五句，押三平韵，三十字；下阕同，共六十字。

相会：相聚。

东溪：泛指风景美好的地方。

简析

这首词通过描写与友人的酒筵欢会，表达了对人生相聚苦短的心理感受。

词的上阕写的是与友人在一起的酒筵欢会，却以“眼中欢事常稀”来表现，使欢乐也蒙上一层愁苦的阴影。因为聚会稀少，故而特别珍惜，因为珍惜，所以更怕欢乐的终结，如果这种欢乐结束了，还要仔细地数一数究竟还有多少个相聚的日子。词人细腻的心理活动，耐人寻味。

下阕以“东溪春近好同归”为核心，表述了作者对生活的态度和希望。“东溪”指东边的溪山，泛指风景秀丽之处，并不是实有的地名。词人期待春近时节一起归去，然而，“柳垂江上影，梅谢雪中枝”，形单影只，凄寒冷清，心中愿望当然无法达成。词人借春柳冬梅来烘托渲染离别之伤感，情感深挚凄美，打动人心。

背景

这首小词是作者酒席间的赠人之作。

名家点评

〔清〕陈廷焯：“明年应赋送君诗。细从今夜数，相会几多时。”浅处皆深。(《白雨斋词话》)

云随绿水歌声转，雪绕红绡舞袖垂

鹧鸪天 · 梅蕊新妆桂叶眉

宋 · 晏几道

梅蕊新妆桂叶眉，小莲风韵出瑶池。云随绿水歌声转，雪绕红绡舞袖垂。

伤别易，恨欢迟。惜无红锦为裁诗。行人莫便消魂去，汉渚星桥尚有期。

注释

鹧鸪天：词牌名。双调，五十五字，上、下阕各三平韵。

小莲：歌女名。

瑶池：传说中神仙居所。

汉渚（zhǔ）：银河岸边，即牛郎、织女相会之地。

星桥：以星为桥，指神话中的鹊桥。

简析

这首词描写了歌妓小莲。上阕主要写小莲貌若天仙，风韵妖娆，歌舞技艺非常高妙。“云随绿水歌声转，雪绕红绡舞袖垂”，词人用行云、流水、飞雪、垂袖等来突出小莲舞姿之美。“绿”和“红”二字，使词句更加鲜明生动。

下阕从离别相思的角度描写小莲的内心世界。别易欢迟，是她的总体感受，所以用作引领。“惜无红锦为裁诗”，言诗篇、信笺无由寄送，其忧愁难以表述。“行人莫便消魂去，汉渚星桥尚有期”，末句劝解行人，不要为此过分悲苦，重逢之日是可以期待的。

背景

此词大约作于宋神宗元丰五年（1082）。词人将赴颍昌许田镇之时，小莲在筵席上唱歌送别，词人作此词。

名家点评

〔宋〕王灼：叔原词，如金陵王、谢子弟，秀气胜韵，得之天然，将不可学。(《碧鸡漫志》)

〔清〕陈廷焯：北宋之晏叔原，南宋之刘改之，一以韵胜，一以气胜，别于清真、白石外，自成大家。(《词坛丛话》)

苏　辙

苏辙（1039—1112），字子由，一字同叔，晚号颍滨遗老，眉州眉山（今属四川）人，“唐宋八大家”之一。苏辙与父亲苏洵、兄长苏轼齐名，合称“三苏”。其诗力图追步苏轼，风格淳朴无华。

游观须作意，霜雪仅留槎

次韵李简夫秋园

宋·苏辙

秋色岂相负，小园仍有花。
绕栏吟落日，拾径得残葩。
菊细初藏蝶，桐疏不庇鸦。
游观须作意，霜雪仅留槎。

注释

残葩：指残花。

游观：指游览。

槎：指树木的枝丫。

简析

李简夫也是宋朝著名诗人，苏轼、苏辙兄弟对他评价颇高，而这首诗中也蕴含了他们之间深厚的情谊。首联点明了时节，诗人没有描写秋日的寂寥景象，而是用“小园仍有花”表现出了一种不期而遇的喜悦心情。绕过围栏，虽然日已西沉，美景仍然可供吟咏。小径之上有花瓣飘落，更增添了几分诗意。由此可见，秋天并不总是惨败悲凉的，如果有好友陪伴，一同游览，再寂寥的景色中也蕴藏着美好。

颈联描写了菊花初放，花瓣尚未完全展开，蝴蝶的身影若隐若现。而园中梧桐，其叶早已落尽，曾经能隐藏在绿荫中的飞鸟已经失去了庇护。诗人借由动物来进行侧面描写，虽非新颖的写法，却精巧准确地表现了秋日的景观。与友人一同游园，自然要尽兴而归，“霜雪仅留槎”一句，也体现了诗人的乐观心情。冰冷的霜雪只能留在树枝之上，何曾能够沾染我们的心呢！

全诗清新自然，情致生动，情景交融，描绘了好友相聚的喜乐之情。

背景

这首五言律诗是苏辙为好友李简夫所作，描写了秋日游园的情景。

名家点评

〔元〕方回：子由诗静淡有味，不拘字面事料之丽，而锻意深，下句熟。(《瀛奎律髓》)

〔清〕贺赏：栾城身份气概总不如兄，然潇洒俊逸，于雄豪英发中兼有醇醪饮人之致。虽亦远于唐音，实宋诗之可喜者也。(《载酒园诗话》)

孔平仲

孔平仲（1044—1111），字毅父，今峡江县罗田镇西江村人。孔平仲长于史学，工文词，著有《续世说》《孔氏谈苑》《朝散集》等。他的诗豪放流丽，富有现实内容。

行人日暮少，风雪乱山深

寄内

宋·孔平仲

试说途中景，方知别后心。
行人日暮少，风雪乱山深。

注释

内：妻子。

简析

这是一首写给妻子的诗，情感真实、语言质朴。

按一般叙述方法，诗的顺序应为：“行人日暮少，风雪乱山深。试说途中景，方知别后心。”这里将诗句倒转，是作者独具匠心之处。如果按正常顺序来写，则是平铺直叙，而无跌宕之势。“行人日暮少，风雪乱山深”，这两句诗用日暮人稀、风雪乱穿于深山，渲染了悲凉冷清的气氛，烘托出主人公孤寂杂乱的心情。一个“乱”字使自然景物和人的心绪浑然成为一体，增添了诗的韵味。

背景

这首诗作于诗人赴惠州途中，题为《寄内》，是寄给妻子的诗。他的别后心情，在这首小诗里得到了充分而含蓄的体现。

名家点评

〔宋〕苏轼：君文照今古，不比山石脆。(《孔毅父妻挽词》)

黄庭坚

黄庭坚（1045—1105），字鲁直，号山谷道人，晚号涪翁，洪州分宁（今江西九江修水县）人，北宋著名文学家、书法家。黄庭坚的诗以唐诗的集大成者杜甫为学习对象，提出了“点铁成金”和“夺胎换骨”等诗学理论，成了江西诗派作诗的理论纲领和创作原则。其诗注重用字，讲究章法，法度严谨，说理细密，对后世的诗歌创作产生了深远的影响。

脊令各有思归恨，日月相催雪满颠

次元明韵寄子由

宋・黄庭坚

半世交亲随逝水，几人图画入凌烟。
春风春雨花经眼，江北江南水拍天。
欲解铜章行问道，定知石友许忘年。
脊令各有思归恨，日月相催雪满颠。

注释

元明：黄庭坚的哥哥黄大临，字元明。

子由：苏轼的弟弟苏辙，字子由。

交亲：指相互亲近，友好交往。

凌烟：阁名，在唐代长安太极宫内。

经眼：过目。

石友：指志同道合的金石之交，指子由。

忘年：指朋友投契，不计年岁的大小差别。

脊令：一种水鸟，借指兄弟。《诗经·小雅·常棣》："脊令在原，兄弟急难。"

雪满颠：白发满头。

简析

这是一首赠友诗。诗人寓情于景，议论疏朗有致，抒发了壮志难酬的无奈之情。

"半世交亲随逝水，几人图画入凌烟"，首联感叹世事，有时光飞逝而未能建功立业的遗憾。"春风春雨花经眼，江北江南水拍天"，颔联描写春天景物，花开江涨，春水生波，而怀远之情见于言外，寄托了诗人对友人的离别相思之情。"欲解铜章行问道，定知石友许忘年"，颈联转入议论，诗人欲辞官归家学道，料想子由也一定能赞许，表达了知己之意。"脊令各有思归恨，日月相催雪满颠"，诗人再次转笔，说自己与苏辙都在思念自己的兄长，但欲归而不得，只好空自惆怅，听任时光流转，催生白发。

背景

这首诗是元丰四年（1081）黄庭坚在吉州太和县（今江西

泰和）时所作，年37岁。这时苏辙贬官在筠州（治所在今江西高安）监盐酒税。黄庭坚兄黄元明寄给子由的诗，起二句说："钟鼎功名淹管库，朝廷翰墨写风烟。"黄庭坚次韵作此诗寄子由。

名家点评

〔清〕方东树："此诗足供揣模取法。"(《昭昧詹言》)

陈师道

陈师道（1053—1102），字履常，一字无己，号后山居士，彭城（今江苏徐州）人。一生安贫乐道，闭门苦吟，有“闭门觅句陈无己”之称。陈师道为“苏门六君子”之一，江西诗派的重要代表。亦能词，其词风格与诗相近，以拗峭惊警见长。

云日明松雪，溪山进晚风

雪后黄楼寄负山居士

宋·陈师道

林庐烟不起，城郭岁将穷。
云日明松雪，溪山进晚风。
人行图画里，鸟度醉吟中。
不尽山阴兴，天留忆戴公。

注释

黄楼：楼阁名，故址在今江苏徐州，为北宋苏轼所建。

负山居士：陈师道的友人张仲连的号。

林庐：林中房舍。

岁将穷：指年底，岁暮。

明：明亮。

进：指风吹进。

戴公：本指戴逵，这里指友人张仲连。

简析

这首诗是登高怀人之作。

“林庐烟不起，城郭岁将穷”，描绘了一幅雪后黄昏空明澄净的图画。林中屋舍已无炊烟缭绕，林间茅庐历历在目，极目远眺，有一种广漠荒寒之感。“云日明松雪，溪山进晚风”，写日光透过薄薄的云层，映照着松枝上的积雪，显得格外明亮，溪水纵横的山间吹进晚风，又带来了阵阵寒意。“人行图画里，鸟度醉吟中”，也是写登楼所见，此联对仗工稳，意趣横生，诗人放达的高情逸兴已跃然纸上。“不尽山阴兴，天留忆戴公”，诗人用晋人王子猷事，表明对友人的思念之情。这两句通过用典，既可见诗人冲淡的情怀，又可见其友情的诚笃。

此首写景抒情的寄友诗，情景交融，意趣横生，神韵天然，清新淡泊。

背景

宋神宗元丰元年（1078），苏轼在徐州担任知州，带领民众成功地抵御洪水，事后建造“黄楼”以作纪念。当时曾广泛征求赋铭，陈师道呈上《黄楼铭》，颇得苏轼欣赏。元祐二年（1087），由苏轼等人举荐，陈师道任徐州州学教授。次年一个雪天，陈师道登上黄楼，因思念朋友张仲连，写下这首诗寄给他，表现了诗人冲淡旷达、潇洒不群的真淳本性。

名家点评

〔宋〕谢枋得:“云日明松雪，溪山进晚风”二句尤妙。余尝独步山巅水涯，积雪初霁，云敛日明。遥望松林，徘徊溪桥，踏月而归，始知此两句如善画。作诗之妙，至此神矣。(《诗林广记》)

张　耒

张耒（1054—1114），字文潜，号柯山，人称宛丘先生、张右史。诗学白居易、张籍，平易舒坦，不尚雕琢；其词流传很少，语言香浓婉约，风格与柳永、秦观相近。

城头月落霜如雪，楼头五更声欲绝

示秬秸

宋·张耒

城头月落霜如雪，楼头五更声欲绝。
捧盘出户歌一声，市楼东西人未行。
北风吹衣射我饼，不忧衣单忧饼冷。
业无高卑志当坚，男儿有求安得闲。

注释

秬秸：张耒的两个儿子张秬、张秸。

简析

这是诗人写给儿子的警示诗。

“城头月落霜如雪，楼头五更声欲绝”，开篇两句，诗人从视觉和听觉两个方面描写了清冷空寂的景色，透露出对卖饼人生活的同情和关怀。“市楼东西人未行”写空寂的街景，“忧饼冷”，是卖饼人心态的表露。“业无高卑志当坚，男儿有求安得闲”，诗人对两个儿子谆谆告诫，点明了本诗的题旨。他告诉儿子，人们从事的职业并无高低贵贱，但意志都必须坚强。男子汉要自食其力，不能做游手好闲的懒汉。

全诗语言明白晓畅，但语浅而意深，耐人寻味。

背景

这首诗是诗人写给两个儿子张秬、张秸的，旨在告诫他们：男儿应自食其力，不可无所事事，游手好闲。

名家点评

〔宋〕朱熹：张文潜诗只一笔写去，重意重字皆不问，然好处亦是绝好。(《朱子语类》)

李清照

李清照（1084—1155），号易安居士，齐州济南（今山东济南）人。宋代女词人，婉约词派的重要代表人物。李清照工诗善文，尤擅长词。她论词强调协律，崇尚典雅，提出词“别是一家”之说，反对以作诗文之法作词。其词前期多写其闺中悠闲生活，后期多悲叹身世，情调感伤。形式上善用白描手法，语言清丽。李清照的词在群花争艳的宋代词苑中，独树一帜，人称“易安体”。

年年雪里，常插梅花醉

清平乐·年年雪里

宋·李清照

年年雪里，常插梅花醉。挼尽梅花无好意，赢得满衣清泪。

今年海角天涯，萧萧两鬓生华。看取晚来风势，故应难看梅花。

注释

清平乐：词牌名，取用汉乐府“清乐”“平乐”两乐调命名。双调，四十六字，八句，上片四仄韵，下阕三平韵。

挼（ruó）：揉搓。

无好意：心情不好。

赢得：落得。

海角天涯：本指僻远之地，这里当指临安。

萧萧两鬓生华：形容鬓发花白稀疏。

简析

这是一首咏梅词。词人通过写自己不同时期不同的赏梅感受，抒发了南渡前后的今昔之慨。

上阕回忆南渡之前的赏梅情形。踏雪寻梅，折梅插鬓的时光快乐而幸福，其天真活泼的情态如在眼前。下阕悲叹今日境遇。词人漂泊天涯，远离故土，年华飞逝，两鬓斑白，与上阕第二句所描写的梅花簪发的形象遥相对照。“看取晚来风势，故应难看梅花。”晚来风急，恐怕落梅已尽，想赏梅也看不成了。此两句语出双关，既写狂风过后梅花芳颜不再，又写战祸来势之迅猛。

综观全词，从梅花写起，又以梅花作结。从往昔之赏梅写起，到今日之怜梅告终，其中既展示了今昔生活之强烈对照，又充分地显示了词人抚今而追昔、怜花而自伤的痛楚心境，构思甚巧而寄托甚深。

背景

这首词是李清照南渡后的作品。词人借咏梅表现国破家亡、沦落天涯的痛苦以及对国势衰颓的深沉忧虑。

名家点评

〔明〕杨慎：宋人中填词，李易安亦称冠绝。使在衣冠，当与秦七、黄九争雄，不独雄于闺阁地。(《词品》)

雪里已知春信至，寒梅点缀琼枝腻

渔家傲·雪里已知春信至

宋·李清照

雪里已知春信至，寒梅点缀琼枝腻。香脸半开娇旖旎，当庭际，玉人浴出新妆洗。

造化可能偏有意，故教明月玲珑地。共赏金尊沈绿蚁，莫辞醉，此花不与群花比。

注释

春信：春天的消息。

琼枝：此指覆雪悬冰的梅枝。梅枝着雪，白如玉枝，故称。

香脸：指女人敷着胭脂散发香味的面颊。此处用以比拟半开着的散发芳香的梅花。

玉人：美人。此处用以比梅花。

造化：天地，大自然。

玲珑：明亮貌。

金尊：珍贵的酒杯。尊：同“樽”。

沈：同“沉”。

绿蚁：指浮在新酿的没有过滤的米酒上的绿色泡沫。

简析

这是一首咏梅词。词人以梅自况，托物言志。

词作上阕写寒梅初放时的动人形象。“雪里已知春信至，寒梅点缀琼枝腻”，寒冬之末，白雪皑皑的冰雪世界里，寒梅以卓然独立的身姿傲然挺立，远看犹如玉树琼花一般。“香脸半开娇旖旎，当庭际，玉人浴出新妆洗”，词人用玉人出浴形容梅的轻盈娇美、玉洁冰清，即物即人，梅已和人融成了一片。

下阕描写月夜赏梅的场面。“造化可能偏有意，故教明月玲珑地”，造物有意，故教月色玲珑剔透，月色与白雪、梅花交相辉映，暗香浮动，美不胜收。夜色如水，值此良宵，“共赏金尊沈绿蚁”，花前共一醉，方不辜负这群花不可比的寒梅。结句“此花不与群花比”，既赞美了梅花孤高傲寒的品格，又表现了女词人鄙弃世俗的坦荡胸怀。

背景

此词作于宋徽宗建中靖国元年（1101），那年李清照18岁。

名家点评

〔清〕沈谦：男中李后主，女中李易安，极是当行本色。(《填词杂说》)

铺翠冠儿，捻金雪柳，簇带争济楚

永遇乐·落日熔金

宋·李清照

落日熔金，暮云合璧，人在何处？染柳烟浓，吹梅笛怨，春意知几许。元宵佳节，融和天气，次第岂无风雨？来相召、香车宝马，谢他酒朋诗侣。

中州盛日，闺门多暇，记得偏重三五。铺翠冠儿，捻金雪柳，簇带争济楚。如今憔悴，风鬟霜鬓，怕见夜间出去。不如向、帘儿底下，听人笑语。

注释

吹梅笛怨：梅，指乐曲《梅花落》，用笛子吹奏此曲，其声哀怨。

次第：这里是转眼的意思。

香车宝马：这里指贵族妇女所乘坐的、装饰华美的车驾。

中州：即中土、中原。这里指北宋的都城汴京，在今河南开封。

三五：十五日。此处指元宵节。

铺翠冠儿：以翠羽装饰的帽子。

雪柳：雪白如柳叶之头饰，以素绢和银纸做成的头饰。

簇带：指首饰插戴得很多。

济楚：美好、端整、漂亮。簇带、济楚均为宋时方言，意谓头上所插戴的各种饰物。

简析

这首词是李清照流寓临安时所作，虽写元夕，却一反常调，以今昔元宵的不同情景作对比，抒写离乱之后愁苦寂寞的情怀，以及深沉的盛衰之感和身世之悲。

上阕描写了元宵节的热闹景象。“落日熔金，暮云合璧”描绘了元夕绚丽的暮景。落日的光芒，像熔化的金子般，光亮照人，一片赤红璀璨的景象。但接着一句“人在何处”，却宕开去，是一声充满迷惘与痛苦的长叹。词人饱经变乱，“人在何处”这一转折，看似突兀，其实含蕴丰富，耐人寻味。

下阕由写今转为忆昔。遥想当年，词人和闺中女伴在元宵佳节盛装打扮，闲暇游乐，充分体现昔日无忧无虑的游赏兴致和汴京的繁华热闹。但是，昔日的繁华欢乐早已成为不可追寻的幻梦，“如今憔悴，风鬟霜鬓，怕见夜间出去”。历尽国破家倾、夫亡亲逝之痛，词人已由天真烂漫的少女变为形容憔悴的老妇，对外面的热闹繁华也提不起兴致。“盛日”与“如今”两种迥然不同的心境，从侧面反映了金兵南下前后两个截然不同的时代和词人相隔霄壤的生活境遇，以及它们在词人心灵上投下的巨大阴影。

背景

这首词是李清照晚年流寓临安时所作。时间约在宋高宗绍兴二十年（1150）。

名家点评

〔宋〕张炎：至如李易安《永遇乐》云：“不如向、帘儿底下，听人笑语。”此词亦自不恶。而以俚词歌于坐花醉月之际，似乎击缶韶外，良可叹也。(《词源》)

〔宋〕刘辰翁：余自乙亥上元诵李易安《永遇乐》，为之涕下。今三年矣，每闻此词，辄不自堪。遂依其声，又托之易安自喻，虽辞情不及，而悲苦过之。(《须溪词》)

岳　飞

岳飞（1103—1142），字鹏举，宋相州汤阴县（今河南汤阴县）人，抗金名将。历任清远节度使、开府仪同三司、少保、枢密副使等职。宋高宗绍兴十二年（1142）被秦桧以莫须有罪名杀害。《全宋词》收其词三首。代表词作《满江红·写怀》，是千古传诵的爱国名篇。

靖康耻，犹未雪

满江红·写怀

宋·岳飞

怒发冲冠，凭栏处、潇潇雨歇。抬望眼，仰天长啸，壮怀激烈。三十功名尘与土，八千里路云和月。莫等闲，白了少年头，空悲切。

靖康耻，犹未雪。臣子恨，何时灭。驾长车，踏破贺兰山缺。壮志饥餐胡虏肉，笑谈渴饮匈奴血。待从头，收拾旧山河，朝天阙。

注释

怒发冲冠：指情绪激动，头发竖起，将帽子顶起。

凭栏：倚靠栏杆。

潇潇：形容雨势转小。

等闲：轻易，随便。

靖康耻：指宋钦宗靖康二年（1127），金兵攻陷汴京，掳走徽、钦二帝。

贺兰山：在今宁夏回族自治区与内蒙古自治区交界处。

朝天阙：朝见皇帝。天阙：本指宫殿前的楼观，此指皇帝生活的地方。

简析

“怒发冲冠，凭栏处、潇潇雨歇”，词人站在栏杆处向北远眺，雨势转小，看到北方大宋的国土在金人的铁蹄下，悲愤之情强烈而深重。“抬望眼，仰天长啸，壮怀激烈”，对着青天长啸，内心的愤懑和收复故土的决心响彻天际。回首往事，词人此时刚30余岁，功名显赫，但却如尘土一般不值一哂。八千里路收复故国的历程，艰辛坎坷，只有云和月日日相伴，以解作者寂寞。虽然此时尚有捷报传来，但收复河山的路程还远远未到结束之时，一定要加倍努力，莫到年老时悔恨悲切！上阕以悲愤起首，以悲切作结，展现出深沉激昂的爱国之情。

下阕运转笔端，抒写词人对于民族敌人的深仇大恨，对统一祖国的殷切希望以及忠于朝廷即忠于祖国的赤诚之心。由于没有雪“靖康”之耻，词人发出了心中的恨何时才能消除的感慨。这也是他要“驾长车，踏破贺兰山缺”的原因。从“驾长车”到“笑谈渴饮匈奴血”都以夸张的手法表达了对凶残敌人的愤恨之情，同时表现了词人英勇无畏的乐观精神。“待从头、收拾旧山河，朝天阙”，以此收尾，既表达了要胜利的信心，也展现了对朝廷和皇帝的忠诚。

背景

这首词作于岳飞北上收复襄阳之后。岳飞刚刚取得战争胜利，北方的大好河山就在眼前，内心涌起了对往日国耻的激愤，以及收复失地的决心，因而写下这篇慷慨壮语，抒发出强烈的爱国情怀。

名家点评

〔清〕沈雄:《满江红》忠愤可见，其不欲等闲白了少年头，可以明其心事。(《古今词话》)

〔清〕刘体仁：词有与古诗同义者，“潇潇雨歇”，易水之歌也。(《七颂堂词绎》)

〔清〕丁绍仪：至寓议论于协律宫，尤觉激昂慷慨，读之色舞。(《听秋声馆词话》)

〔清〕陈廷焯：何等气概，何等志向，千载下读之，凛凛有生气焉。“莫等闲”二语，当为千古箴铭。(《云韶集》)

范成大

范成大（1126—1193），字至能，一字幼元，早年自号此山居士，晚号石湖居士，平江府吴县（今江苏苏州）人。南宋名臣、文学家、诗人。范成大素有文名，尤工于诗，风格清新自然。其诗题材广泛，以反映农村社会生活内容的作品成就最高。

梅子金黄杏子肥，麦花雪白菜花稀

夏日田园杂兴（其一）

宋 · 范成大

梅子金黄杏子肥，麦花雪白菜花稀。
日长篱落无人过，惟有蜻蜓蛱蝶飞。

注释

杂兴：随兴写来，没有固定题材的诗篇。
麦花：江南一带农历四五月间麦子秀穗，俗叫吐花。
日长：每年夏至时白昼最长。
篱落：篱笆。
蛱蝶：蝴蝶的一种，翅呈赤黄色，有黑纹。

简析

这首诗写初夏江南的田园景观。“梅子金黄杏子肥，麦花雪白菜花稀”，写梅子变得金黄，杏子也越长越大了；荞麦花雪白一片，油菜花倒显得稀稀落落。“日长篱落无人过，惟有蜻蜓蛱蝶飞”，夏天已至，白天的日子越来越长，但是篱笆前却没有人经过，只有蜻蜓和蝴蝶绕着篱笆飞来飞去。诗中用梅子黄、杏子肥、麦花白、菜花稀，写出了夏季南方村落景物的特点。前两句写梅黄杏肥，麦白菜稀，色彩鲜丽。“日长篱落无人过”，从侧面写出了农民劳作的情况：初夏农事正忙，农民早出晚归，所以白天很少见到行人。最后一句又以“惟有蜻蜓蛱蝶飞”来衬托村中的寂静，静中有动，更显其静。

背景

《四时田园杂兴》是诗人范成大退居家乡后所作的组诗，共六十首。描写了农村春、夏、秋、冬四个季节的景色和农民的生活。《夏日田园杂兴》共12首，这是其中的第一首。

雪晴风劲晚来冰，楼上奇寒病骨惊

雪霁独登南楼

宋 · 范成大

雪晴风劲晚来冰，楼上奇寒病骨惊。
雀啄空檐银笋堕，鸦翻高树玉尘倾。
青帘闪闪千家静，黄帽亭亭一水横。

坐久天容却温丽，一弯新月对长庚。

注释

银笋：屋檐上的冰柱。

玉尘：树上积雪。

黄帽：此处代指船。

简析

“雪晴风劲晚来冰，楼上奇寒病骨惊”，突出雪后气温之低。虽然雪已停，天已放晴，但外面的寒风呼啸不止，寒冷刺骨。“雀啄空檐银笋堕，鸦翻高树玉尘倾”，诗人望向窗外，只见麻雀正在屋檐啄食，屋脊上的冰柱纷纷掉落。远处的乌鸦在树上上蹿下跳，引得树上的积雪散落一地。“青帘闪闪千家静，黄帽亭亭一水横”，描写的仍然是远景。远处酒家灯火辉煌，但因为是夜晚，家家户户已经闭门休息，外面听不到声音，只能看见一叶孤舟独自漂浮在水面上。“坐久天容却温丽，一弯新月对长庚”，诗人将视线延长到了天空，发现天空放晴后变得温和美丽，而一轮弯月正缓缓升起，月光温柔地倾泻而下。读之令人悄然出神，心胸澄静。

背景

此诗写诗人夜晚登楼赏雪后景致。登高可以壮怀激烈，也可以情思平和温婉，这首诗就描绘出了一种温丽悠然的境界。

名家点评

〔清〕纪昀：盖追溯苏黄遗法，而约以婉峭，自为一家，伯仲于杨、陆之间，固亦宜也。(《四库全书总目提要》)

陆　游

陆游（1125—1210），字务观，号放翁，越州山阴（今绍兴）人，南宋爱国诗人。历任福州宁德主簿、敕令所删定官、隆兴府通判等职，因坚持抗金，屡遭主和派排斥。陆游性格豪放，胸怀壮志，在诗歌风格上追求雄浑豪健，形成了气势奔放、境界壮阔的诗风。其诗语言平易晓畅，章法整饬谨严，在南宋诗坛上占有重要的地位。

楼船夜雪瓜洲渡，铁马秋风大散关

书愤五首（其一）

宋 · 陆游

早岁那知世事艰，中原北望气如山。
楼船夜雪瓜洲渡，铁马秋风大散关。
塞上长城空自许，镜中衰鬓已先斑。
出师一表真名世，千载谁堪伯仲间。

注释

书愤：书写自己的愤恨之情。书，写。

早岁：早年，年轻时。

那：即“哪”。

世事艰：指抗金大业屡遭破坏。

楼船：具有多层建筑和攻防设施的大型战船，外观似楼。

瓜洲：在今江苏邗江南长江边，与镇江隔江相对，是当时的江防要地。

铁马：披着铁甲的战马。

大散关：在今陕西宝鸡西南，是当时宋金的西部边界。

塞上长城：比喻能守边的将领。

衰鬓：年老而疏白的头发。

斑：指黑发中夹杂了白发。

堪：能够。

伯仲：不相上下，难分优劣高低。

简析

这首诗前半部分叙述早年决心收复失地的壮志雄心，后半部分感叹时不再来，壮志难酬。

“早岁那知世事艰，中原北望气如山”，诗人北望中原，不禁想起收复故土的豪情壮志，本以为倾力报国，必定会有所作为，孰料竟遭奸人离间以致屡遭罢黜。诗人开篇便表现出郁愤之意。“楼船夜雪瓜洲渡，铁马秋风大散关”，写宋金交战之事，辉煌的过去与眼前的失意形成鲜明对比。“塞上长城空自许，镜中衰鬓已先斑”，岁月催人老，诗人壮志未酬而鬓已先斑，诗人痛心疾首。“出师一表真名世，千载谁堪伯仲间”，结尾通过用典以明志。诸葛亮坚持北伐，终归名满天下，千载而下，无人可与之相提并论。诗人通过诸葛亮的典故，追慕先贤的业绩，表明自己的爱国热情至老不移，渴望效法诸葛亮，施展抱负。

全诗感情沉郁，气韵浑厚，雄放豪迈。

背景

这首诗是陆游居家乡山阴时所作。陆游时年六十有一，这已是时不我待的年龄，然而诗人被黜，罢官已六年，挂着一个空衔在故乡蛰居。想到山河破碎，中原未收，小人误国，诗人郁愤之情便喷薄而出，写下此诗。

名家点评

〔清〕范大士：语句自负，妙有浑含。(《历代诗发》)

〔清〕李慈铭：全首浑成，风格高健，置之老杜集中，直无愧色。(《越缦堂诗话》)

〔清〕方东树：志在立功，而有才不遇，奄忽就衰，故思之而有愤也。妙在三四句兼写景象，声色动人，否则近于枯竭。(《昭昧詹言》)

日映满窗松竹影，雪消并舍鸟乌声

雪晴

宋·陆游

腊尽春生白帝城，俸钱虽薄胜躬耕。
眼前但恨亲朋少，身外元知得丧轻。
日映满窗松竹影，雪消并舍鸟乌声。
老来莫道风情减，忆向烟芜信马行。

注释

白帝城：在今重庆奉节东。

躬耕：亲治农事。

得丧：得失。

乌乌：乌鸦。

风情：风趣。

烟芜：烟雾中的草丛。

信马行：任马驱驰。

简析

这首诗描写了雪后初晴的景象。

“腊尽春生白帝城，俸钱虽薄胜躬耕。眼前但恨亲朋少，身外元知得丧轻。”前四句都是作者对自己此时境遇的描写。白帝城此时已经度过了寒冷的腊月，即将迎来春天，诗人虽然俸禄微薄，但也可以维持生计，只是遗憾身边的亲人和朋友太少。诗人写雪后初晴，并不直接下笔写景，而是先从自身境遇出发，中间插入景色描写，最后再转回自身所感，可谓是一波三折。

“日映满窗松竹影，雪消并舍乌乌声”，诗人看见窗户上倒映着松竹的影子，得知此时外面的雪已经逐渐消融。诗人从听觉和视觉的角度出发，给读者构建了一幅十分清冷的画面，松竹都是孤寂的植物，而乌鸦的叫声更让人感觉寂寞悲凉。“老来莫道风情减，忆向烟芜信马行”，尾联笔锋一转，使这种悲伤的氛围有所消减。诗人并不服老，仍然记得自己年轻时纵马奔驰的身影。虽然前面充满了寂寞悲切之情，但是最后一句则忽然让人精神一振，反映了诗人乐观的生活态度。

北风吹雪四更初，嘉瑞天教及岁除

除夜雪

宋·陆游

北风吹雪四更初，嘉瑞天教及岁除。
半盏屠苏犹未举，灯前小草写桃符。

注释

嘉：好。
瑞：指瑞雪。
天教：天赐。
岁除：即除夕。

简析

这首诗描写了除夕时瑞雪纷飞的祥瑞之景。

“北风吹雪四更初，嘉瑞天教及岁除”描写了四更天初至时，北风带来一场大雪，这场瑞雪正好在除夕之夜到来，昭示着来年的丰收。“半盏屠苏犹未举，灯前小草写桃符”，从雪景转入室景，诗人盛了半盏屠苏酒的杯子还没有来得及举起庆贺，却依旧在灯下赶写着迎春的桃符。诗中前半部分主要写窗外之景，描写了瑞雪铺天盖地而来的祥瑞之兆，而后半部分转入室内，描写了诗人在大雪降落之时忙着写桃符的身影，室内和室外之景结合，衬托了喜庆祥和的气氛。

雪上急追奔马迹，官军夜半入辽阳

雪中忽起从戎之兴戏作

宋·陆游

群胡束手仗天亡，弃甲纵横满战场。
雪上急追奔马迹，官军夜半入辽阳。

注释

群胡：指金人。

束手：束手无策。

仗：依靠。

辽阳：府名，治所在今辽宁辽阳。

简析

“群胡束手仗天亡，弃甲纵横满战场”是诗人想象中的场景，由于我军的勇猛抗击，金人溃不成军，束手无策，只好四处逃窜，战场上到处都是他们丢弃的盔甲。虽然是想象，但却充分展现出诗人对朝廷军队的自信和奋勇杀敌的壮志。这两句诗没有直接描写我军将士的勇猛，而是从敌方的狼狈着手，侧面烘托我军在战场上势不可当的特点。“雪上急追奔马迹，官军夜半入辽阳”是正面描写，前两句写敌人被击败后到处逃窜，这两句则写我军毫不松懈、乘胜追击。“雪上”说明了气氛的紧张和急迫，“急”更是生动地展现出了我军愈战愈勇的英姿。

这首诗气势壮阔，笔力劲健，风格雄浑豪放，贯穿了诗人气吞残虏的爱国主义精神，鼓舞了人们的抗金斗争。

急雪打窗心共碎，危楼望远涕俱流

送七兄赴扬州帅幕

宋・陆游

初报边烽照石头，旋闻胡马集瓜州。
诸公谁听刍荛策，吾辈空怀畎亩忧。
急雪打窗心共碎，危楼望远涕俱流。
岂知今日淮南路，乱絮飞花送客舟。

注释

七兄：指陆游仲兄陆濬，行七。

扬州帅：即淮南东路安抚使。扬州，今属江苏。

幕：幕府。

边烽：边界上报警的烽火。

石头：山名。在江苏江宁西，北缘大江，南抵秦淮口，城在山后。六朝以来，皆守此为固。

旋：很快，紧接着。

胡马：指金兵。

瓜州：地名，在今江苏扬州南，亦称瓜埠洲。当运河之口，与镇江斜值，为南北襟要处。

诸公：指当时在朝中掌权的人。

刍荛（chú ráo）策：普通人的意见。这里谦指自己的政见。

畎（quǎn）亩忧：指在野的人的忧虑。畎亩：田间。

危楼：高楼。

淮南路：宋代路名，辖淮河以南地区，后分为淮南东路和淮南西路，东路治扬州。

简析

这首诗抒发了作者报国之情和忧国之念。

“初报边烽照石头，旋闻胡马集瓜州”，首联以简洁的笔墨概括了金兵南犯的经过，同时也交代了诗的写作背景。诗人最初听说金兵已迫近南京城，来势凶猛；不久又得闻金兵集结在瓜州渡，气焰益炽。处此危难之际，诗人多想挺身而出，联合抗金志士，力挽狂澜，为国除危，为民解难。可是，只求苟安的南宋朝廷不允许他执掌重兵、慷慨赴敌。意识到这一点，诗人内心充满愤慨：“诸公谁听刍荛策？吾辈空怀畎亩忧。”诗人曾多次向朝廷提出抗敌复国的军事策略和政治措施，然而满朝没人肯听取他的意见，他只能徒然为时局担忧。这两句前后照应，因果分明，对比强烈：一边是诸公堵塞贤路，不恤国计；另一边则是诗人系念时局，忧心如焚。

“急雪打窗心共碎，危楼望远涕俱流”，颈联借景抒情。“危楼”，即高楼。当时，诗人身受羁绊，无计可施，拳拳报国之心竟与打到窗上的急雪一样碎成粉末；登上高楼，远望狼烟四起，诗人更不禁涕泪交流。这一切，虽已成为旧日之事，却深深地镌刻在诗人的记忆之中。“七兄”即将奔赴的扬州正是当时的兵燹之地。

“岂知今日淮南路，乱絮飞花送客舟”，“岂知”，点明形势的变化出乎诗人的意料之外——当初，他没有料到金兵会发生内讧，使一场更大的战祸得以弭息。“乱絮飞花”，则暗示随着金兵的撤离，淮水以南地区又恢复了和平景象。诗人笔下的花絮，不仅充满生机和活力，而且具有人的意识和情感，它们追随在七兄乘坐的小舟前后，既表欢送之情，亦有挽留之意。

背景

绍兴三十一年（1161）十一月，金兵大举南侵，兵集瓜州。金主完颜亮强令部下限日渡江，激起哗变。完颜亮被杀后，金兵仓皇北退。这首诗写于金兵南侵第二年的春天。金兵内讧的消息，又一次鼓荡起诗人奔赴前线、奋勇杀敌的热忱。然而，报国有心，请缨无路。诗虽为送别“七兄”而作，但作者所抒写的却不是离别之恨，而是失志之痛。

名家点评

〔清〕范大士：声情痛楚，惓惓忠国之心，于此可见。（《历代诗发》）

〔清〕赵翼：其时朝廷之上，无不画疆守盟、息事宁人为上策；而放翁独以复仇雪耻，长篇短咏，寓其悲愤。（《瓯北诗话》）

杨万里

杨万里（1127—1206），字廷秀，号诚斋，吉州吉水（今江西吉水）人，南宋爱国诗人。与陆游、尤袤、范成大并称“南宋四大家”（又作“中兴四大诗人”）。杨万里一生作诗两万多首，传世作品有四千二百首，被誉为“一代诗宗”。其诗大多描写自然景物，语言浅近明白、清新自然。

儿童道是雪犹在，笑指梅花作雪花

送客归至郡圃残雪销尽

宋·杨万里

三日东风入万家，草间残雪不留些。
儿童道是雪犹在，笑指梅花作雪花。

简析

“三日东风入万家，草间残雪不留些”，开篇写三天之内春风就能吹入家家户户，草地里没有一点残雪，放眼望去，绿意盎然。“三日”虽有夸张之感，但这正突出了诗人的惊喜之情，春天的到来是那么突然、不经意。“草间残雪不留些”，充满了春日气息，冰雪已经全部消融，只留下青青小草映入眼帘，让人心情愉悦。“儿童道是雪犹在，笑指梅花作雪花”则充满了诙谐之意，在儿童眼中，纯白的梅花仿佛就像雪花一样，孩子们似乎还没有察觉到春天的临近。

整首诗语言简练，通俗流畅，活泼自然，饶有谐趣。

背景

杨万里的诗大多描写自然景物，且以此见长。他创造了语言浅近明白、清新自然，富有幽默情趣的“诚斋体”。此诗写雪后之景，饶有谐趣。

名家点评

〔宋〕周必大：诚斋大篇短章，七步而成，一字不改。皆扫千军，倒三峡，穿天心，出月协之语。至于状物姿态，写人情意，则铺叙纤悉，曲尽其妙。笔端有口，句中有眼。(《跋杨廷秀石人峰长篇》)

辛弃疾

辛弃疾（1140—1207），字幼安，号稼轩，历城（今山东济南）人。南宋豪放派词人，与苏轼合称“苏辛”，与李清照并称“济南二安”。其词题材广泛，艺术风格多样，以豪放为主，风格沉雄豪迈又不乏细腻柔媚之处。有词集《稼轩长短句》等传世。

百花头上开，冰雪寒中见

生查子·重叶梅

宋·辛弃疾

百花头上开，冰雪寒中见。霜月定相知，先识春风面。
主人情意深，不管江妃怨。折我最繁枝，还许冰壶荐。

注释

重叶梅：花头甚丰，叶重数层，盛开如小白莲，为梅中之奇品。

见（xiàn）：显现，出现。

霜月：月色如秋霜。

相知：了解我。

江妃：即梅妃，唐玄宗宠妃，性喜梅，所居之处皆植梅。

许：答应，应诺。

冰壶：盛冰的玉壶。

荐：举荐、推荐 。

简析

这是一首咏重叶梅的咏物词。重叶梅是梅中的奇品，叶重数层，盛开如小白莲。

“百花头上开，冰雪寒中见”，写重叶梅不畏严寒，在百花开放之前盛开，从容自如，从而突出重叶梅不惧风雪的高尚品格。“霜月定相知，先识春风面”，写梅花具有先百花而报春的先觉者的独特品质。“主人情意深，不管江妃怨”，主人爱梅心切，不管江妃如何抱怨，也要折下最繁茂的枝头，插进壶中，供人玩赏。侧面衬托出重叶梅之美与可贵。“折我最繁枝，还许冰壶荐”是对主人爱梅之情的具体描述，主人把最好的重叶梅折下来，插在壶中，供自己和友人玩赏，更加表现出主人对重叶梅的喜爱。

背景

绍兴三十二年（1162），辛弃疾满怀报国雄心，渡江投奔南宋，然而南宋朝廷的所作所为，使他大失所望。主张抗金收复中原的仁人志士屡遭投降派、主和派的打击，受到当权者的猜疑。辛弃疾看到在寒风中盛开的重叶梅时，赞叹重叶梅不畏严寒的精神和高尚品格，于是写下了这首词。

名家点评

〔清〕纪昀：其词慷慨纵横，有不可一世之概，于倚声家为变调；而异军特起，能于翦红刻翠之外，屹然别立一家，迄今不废。(《稼轩词提要》)

最怜飞雪苍苔上，时有珍禽蹴地来

书清凉境界壁

宋·辛弃疾

江左何时见王谢，风流且对竹间梅。
最怜飞雪苍苔上，时有珍禽蹴地来。

注释

清凉境界：福州境内的一处禅寺。

王谢：六朝望族琅琊王氏与陈郡谢氏之合称，后成为显赫世家大族的代名词。

简析

这首诗是诗人触景生情、感慨时光变迁所写。

“江左何时见王谢，风流且对竹间梅”，是诗人对时光变迁、王谢家族的感叹，不知道何时才能见到曾经繁华的两大家族，怕是自己只能望着竹间的梅花感慨罢了。“最怜飞雪苍苔上，时有珍禽蹴地来”，是动景和静景的结合。苍苔本来是静景，加上飞雪和珍禽却是另一番景象。点点雪花不断飘落在青苔上，时不时有珍贵的野禽足踏雪花而去。诗人的怜雪和上联中提到的王谢看似不相关，其实都是作者表达惋惜的方式。王谢家族曾经繁华，如今却不再有曾经那般景象，而雪花纵然纯洁美好，却也要落在青苔上，留下野禽的行走足迹。

雪里疏梅，霜头寒菊，迥与余花别

念奴娇·赠夏成玉

宋·辛弃疾

妙龄秀发，湛灵台一点，天然奇绝。万壑千岩归健笔，扫尽平山风月。雪里疏梅，霜头寒菊，迥与余花别。识人青眼，慨然怜我疏拙。

遐想后日蛾眉，两山横黛，谈笑风生颊。握手论文情极处，冰玉一时清洁。扫断尘劳，招呼萧散，满酌金蕉叶。醉乡深处，不知天地空阔。

注释

秀发：喻指人神采焕发，才华出众。

青眼：指对人喜爱或器重，与“白眼”相对。

尘劳：世俗事务的烦恼。

简析

这是辛弃疾写给友人的一首词，赞赏爱重之意溢于笔端。开篇“妙龄秀发”一句，描写了夏成玉的出众气质，仿佛灵秀之山水，无须雕琢，天然便有奇绝之意。其后两句更是气势雄浑，仿佛将无尽青山曲折蕴于笔端，随意挥手，便是平山风月。“雪里疏梅，霜头寒菊”以两种品性高洁、不惧寒冷的花朵作比，更突出友人的不同流俗，“迥与余花别”。上阕末句，是词人的自谦，也说明了两人之间感情深厚，不为世俗评价所限。

下阕中的遣词造句令人遐想，诸如“蛾眉”“横黛”等词，均是用以描述女子面貌。然而其后“握手论文情极处，冰玉一时清洁”的心思交融、知音之感，又让人觉得读此词时无须再执着于性别差异。词人与夏成玉之间的深情厚谊，不是因为外貌的彼此吸引，更是因为内心深处，有旗鼓相当的才学和抱负。也无怪乎词人有“扫断尘劳”之感，与友人欢聚时，只需举杯畅饮，在醉乡之中把臂同行，不问来处归途。

背景

这是辛弃疾写给友人夏成玉的一首词。夏成玉其人为谁虽已不可考证，但从辛弃疾直白热烈的词句中可以看出，此人必定也是一时才俊，才能得词人如此青眼。辛弃疾的词向来豪阔大气，本首词更多了些细腻情感。

名家点评

〔明〕毛晋：词家争斗秾纤，而稼轩率多抚时感事之作，磊落英多，绝不作妮子态。宋人以东坡为词诗，稼轩为词论，善评也。(《稼轩词跋》)

姜　夔

姜夔（1154—1221），字尧章，号白石道人，饶州鄱阳（今江西省鄱阳县）人。他少年孤贫，屡试不第，终生未仕，一生转徙江湖，靠卖字和朋友接济为生。他多才多艺，精通音律，能自度曲，其词格律严密，其作品素以空灵含蓄著称。姜夔对诗词、散文、书法、音乐，无不精善，是继苏轼之后又一难得的艺术全才。

阑干风冷雪漫漫，惆怅无人把钓竿

钓雪亭

宋 · 姜夔

阑干风冷雪漫漫，惆怅无人把钓竿。
时有官船桥畔过，白鸥飞去落前滩。

注释

钓雪亭：在江苏吴江附近。

阑干：同“栏杆”。

简析

“阑干风冷雪漫漫，惆怅无人把钓竿”，诗人在风雪交加的寒夜，独倚阑干，四顾无人，备感惆怅。“时有官船桥畔过，白鸥飞去落前滩”，偶尔有官船从桥边经过，却也是寂静无声。就连平日争鸣翔集的白鸥，此时也静静地飞，平静地落在浅滩上。官船和白鸥的出现，为寒江钓鱼亭更增凄寒之色，为诗人徒增惆怅之情。船与鸥的动，更反衬出诗人心境之冷寂。

背景

这首诗是姜夔后期的作品，诗人以大雪纷飞而无钓者之景，抒发了孤独寂寞之情。诗中所写白鸥，亦是诗人洁身自好情怀的象征。

名家点评

〔宋〕黄升：白石道人，中兴诗家名流，词极精妙，不减清真乐府，其间高处，有美成所不能及。(《中兴以来绝妙词选》)

戴复古

戴复古（1167—1248），字式之，常居南塘石屏山，故自号石屏、石屏樵隐，天台黄岩（今属浙江台州）人。一生不仕，浪游江湖，后归家隐居，卒年八十余。曾从陆游学诗，部分诗作抒发爱国思想，反映人民疾苦，具有现实意义。

野客预知农事好，三冬瑞雪未全消

除夜

宋·戴复古

扫除茅舍涤尘嚣，一炷清香拜九霄。
万物迎春送残腊，一年结局在今宵。
生盆火烈轰鸣竹，守岁筵开听颂椒。
野客预知农事好，三冬瑞雪未全消。

注释

涤尘嚣：打扫家中污秽之地。

拜九霄：祭天神。

残腊：腊月最后一天。

生盆：新盆，用来燃爆竹。
颂椒：劝饮椒酒。椒酒是一种药酒。
野客：村野之人。多借指隐逸者。
三冬：即冬末。

简析

“扫除茅舍涤尘嚣，一炷清香拜九霄”展现了人们为了迎接除夕而忙碌准备的场景，为了迎接新年，人们清扫屋子，洗涤各种器皿，烧香向上天祈福。“万物迎春送残腊，一年结局在今宵”，点明了题目中的除夕，除夕之夜是一年中最热闹最繁忙的一天。送走寒冷的腊月，万物都做好了迎接春天的准备，人们沉浸在喜庆的气氛中。“生盆火烈轰鸣竹，守岁筵开听颂椒”，展现了浓郁的节日氛围。屋外爆竹声不绝于耳，一桌桌守岁的宴席开始了，大家把酒言欢，不醉不归。“野客预知农事好，三冬瑞雪未全消”，瑞雪兆丰年，人们已经预知将会有大丰收。这一句是人们对新年新气象的期待和企盼，表达了劳动人民乐观向上的精神。

背景

这首诗描写了除夕之夜人们辞旧迎新的忙碌以及喜悦，表现了人们对新年新气象的期待和企盼。

名家点评

〔宋〕赵汝腾：石屏之诗，平而尚理，工不求异，雕锼而气全，英拔而味远，玩之流丽而情不肆，即之冲淡而语多警。(《石屏集·序》)

卢梅坡

卢梅坡，宋朝末年人，生卒年不详，以两首《雪梅》留名千古。

梅须逊雪三分白，雪却输梅一段香

雪梅（其一）

宋·卢梅坡

梅雪争春未肯降，骚人阁笔费评章。
梅须逊雪三分白，雪却输梅一段香。

注释

降（xiáng）：服输。

骚人：诗人。

阁笔：放下笔。阁，同“搁”，放下。

评章：评议的文章，这里指评议梅与雪的高下。

逊：差，不如。

简析

这首诗描写了早春之时，梅雪争春的景象。

“梅雪争春未肯降”，这句诗用拟人的手法写梅花与雪花相互竞争，都认为各自占尽了春色，装点了春光，而且谁也不肯相让。这种写法新颖别致，将早春的梅花与雪花之美别出心裁、生动活泼地表现出来了。

“骚人阁笔费评章”，写由于梅雪争春，难分高下，诗人不得不在两者之间评判高下，却发现由于难于评判，只好停下笔来思索。

“梅须逊雪三分白，雪却输梅一段香”是诗人思索后对梅与雪的评语，在诗人眼中，梅和雪的美不分高下，各有千秋，梅花须逊让雪花三分晶莹洁白，雪花却输给梅花一段清香。

这首诗既有情趣，也有理趣，值得咏思。

背景

这首诗的具体创作年代已无法考证，当作于初春梅花开放雪未消融之时。

日暮诗成天又雪，与梅并作十分春

雪梅（其二）

宋·卢梅坡

有梅无雪不精神，有雪无诗俗了人。
日暮诗成天又雪，与梅并作十分春。

注释

不精神：没有神采。

俗了人：使人俗气不雅。

十分春：全部的春天。

简析

这首诗阐述了梅、雪、诗三者的关系，即三者缺一不可，只有三者在一起，才能组成最美丽的春色。诗人认为如果只有梅花独放而无飞雪落梅，就显不出春光的韵味；若有梅有雪而没有诗作，也会使人感到俗气。从这首诗中，可看出诗人赏雪、赏梅、吟诗的痴迷精神和高雅的审美。全诗通篇全用口语，文字通俗易懂而含义深刻，耐人寻味。

背景

这首诗将梅、雪、诗联系在一起品评、欣赏，表现出中国文人高雅脱俗的审美意趣。此诗语言浅近流畅，清新自然，富有理趣，流传甚广。

王　旭

王旭，生卒年不详，字景初，东平（今属山东）人。至元、大德年间前后在世。王旭与王构、王磐以文章有名，世称“三王”。著有《兰轩集》20卷，原本不传。

细看不是雪无香，天风吹得香零落

踏莎行·雪中看梅花

元·王旭

两种风流，一家制作。雪花全似梅花萼。细看不是雪无香，天风吹得香零落。

虽是一般，惟高一着。雪花不似梅花薄。梅花散彩向空山，雪花随意穿帘幕。

注释

风流：风度、标格。

萼（è）：花萼，这里指花瓣。

零落：飘散。

帘幕：民居中的帘子。

简析

这是一首咏物词。

“两种风流，一家制作”，指的是雪花和梅花都是由寒而生，因冷而美。“雪花全似梅花萼”，直言雪花仿佛是梅花的花瓣。“细看不是雪无香，天风吹得香零落”，雪花没有香味，凛冽的寒风吹得梅花的清香四处飘散。“虽是一般，惟高一着”，雪花和梅花看似相似，实际上梅花却更胜一筹。不仅因为“雪花不似梅花薄”，还在于梅花用自己的生命和色彩装点了草木凋零、万花凋谢的雪山。

这首词通过歌颂雪花与梅花，又极言对比两种事物的特点，一种香，一种白，与“梅须逊雪三分白，雪却输梅一段香”有异曲同工之妙，却并未贬低任何一种，而是将两者通过升华，让人有如亲睹。

背景

早春时期，词人外出游玩，途中观赏到梅花的精致与雪花的灿烂，因而兴致大开。于是词人借物咏志，写下了这首词。

关汉卿

关汉卿（约1220—约1300），号已斋，与白朴、马致远、郑光祖并称为“元曲四大家”，以杂剧的成就最大。关汉卿娴熟地运用元代杂剧的形式，在塑造人物形象、处理戏剧冲突、运用戏曲语言诸方面均有杰出的成就。

凭阑袖拂杨花雪

四块玉·别情

元·关汉卿

自送别，心难舍，一点相思几时绝？凭阑袖拂杨花雪。溪又斜，山又遮，人去也！

注释

四块玉：曲牌名。

绝：断。

杨花雪：如雪花般飞舞的杨花。

斜：此处指溪流拐弯。

简析

“自送别，心难舍，一点相思几时绝？”自从送别以后，心中万分不舍，相思萦绕心头，何时才能停止？作者以女子的口吻来写，直抒其缠绵的相思之情。

“凭阑袖拂杨花雪”，点明季节为暮春，暮春时节容易触景生情，伤春惜别。女子倚着栏杆伫立，凝望着情人远去，因伫立凝望已久，如雪的杨花纷纷飘落在身上，也全然不觉，拂袖间杨花才被拂开去。“袖拂杨花雪”，看似一个随便的动作，细细咀嚼，它却饱含女子的无限愁肠。

末尾三句“溪又斜，山又遮，人去也”，情人沿溪而行，渐去渐远，想再看一看情人，但是小溪曲曲折折，高山重叠阻遮，挡住了女子的视线，以致看不到情人远去的身影，这更使她肝肠寸断，无比沉痛。

背景

这首小令写离愁别绪，表现了女子送别情人时依依不舍的感情，缠绵悱恻，哀婉凄绝。

名家点评

〔元〕朱经：金之遗民若杜散人、白兰谷、关已斋辈，皆不屑仕进，乃嘲风弄月，留连光景。(《青楼集·序》)

萨都剌

萨都剌（约1272—1355），元代诗人、画家、书法家。字天锡，号直斋。萨都剌善绘画，精书法，尤善楷书。其文学创作，以诗歌为主，诗词内容以游山玩水、归隐赋闲、慕仙礼佛、酬酢应答之类为多。

胡庐南雪下，短褐北风前

山中怀友六首（其四）

元·萨都剌

自是麒麟种，卑栖又几年。
胡庐南雪下，短褐北风前。
岁莫山林瘦，天高雨露偏。
惟应丈夫志，未受故人怜。

注释

麒麟种：指有颖异天资的人。

卑栖：原指住在低矮简陋的房内，引申为社会地位低下。

短褐：用兽毛或粗麻布做成的短上衣。

瘦：贫瘠。

偏：同“遍”，普遍。

简析

这是一首诗人怀念故友，同时也为好友怀才不遇感到惋惜的诗作。

“自是麒麟种，卑栖又几年”，麒麟种是诗人对故友的赞赏：他天赋异禀，聪明睿达。“卑栖”则是诗人为好友鸣不平，好友有如此才能本应有所建树，却只能委居于山林。“又几年”说明诗人故友的境遇已经连续很多年未曾改变，表达诗人对好友的惋惜。“胡庐南雪下，短褐北风前”，道出故友居住环境的恶劣。故友只住在一间简陋的茅庐中，即使飘着大雪也只能穿着粗布短上衣顶着寒冷的北风外出。“岁莫山林瘦，天高雨露偏”，更具体描写了艰苦的环境：一到年末山林里的土地就会变得贫瘠，难以耕种，小雨和寒露更是十分普遍。“惟应丈夫志，未受故人怜”，既是诗人对好友怀才不遇的惋惜和遗憾，也是对当局者的一种批判。好友胸怀大志，作为一个男儿想要建功立业，无奈却得不到赏识，只能居于山林中过着艰苦朴素的农耕生活。

背景

元武宗至大二年（1309），萨都剌以耕读为业，作《山中怀友》六首，此为第四首。

名家点评

〔元〕虞集：进士萨天锡者最长于情，流丽清婉，作者皆爱之。(《清江集·序》)

刘 基

刘基（1311—1375），字伯温，青田县南田乡（今浙江文成县）人。元末明初军事家、政治家、文学家，明朝开国元勋。刘基精通天文、兵法、数理等，尤以诗文见长。其诗古朴雄放，不乏抨击统治者腐朽、同情民间疾苦之作。

天迥云垂草，江空雪覆沙

古戍

明 · 刘基

古戍连山火，新城殷地笳。
九州犹虎豹，四海未桑麻。
天迥云垂草，江空雪覆沙。
野梅烧不尽，时见两三花。

注释

古戍（shù）：古老的戍楼。

连山火：连着山头的烽火台。

殷：形容声如雷鸣。

笳：一种管乐器，号角，古代流行于塞北及西域一带。

迥（jiǒng）：远。

简析

这首诗描写了战争带来的破坏，同时也表达了诗人对未来的希望。

“古戍连山火，新城殷地笳”，首联即点出“古戍”之题，写出了雄浑悲壮的气势。沿山布列的古老营垒相继点燃了烽火，它们连成一片，烧红了半边天，这是激战后的战场情景；新筑的城仿佛摇摇欲坠，因为阵阵雷鸣般的号角声在震撼着大地，表明元军虽遭失败，但元气未伤，仍在激烈反扑。

“九州犹虎豹，四海未桑麻”，抒写了作者对时局的忧虑：在九州大地上至今仍然虎豹横行，相互吞噬；四海之内，还没有一块土地恢复农事。“虎豹”指割据的群雄。“未桑麻”指人民不能从事生产。

“天迥云垂草，江空雪覆沙”，实写眼前寥落的景物：原野的空旷使天空显得格外高远，天边淡云与衰草相接。江面空荡荡的，只看见岸边白雪覆盖露出来的沙滩。这两句实景与上两句虚景相结合，写出了诗人及广大百姓对战乱的深恶痛绝。

“野梅烧不尽，时见两三花”，写诗人对战乱过后新的太平世界的出现充满信心。在这一片萧杀惨淡的空旷中，仍不时可见野火烧不尽的蜡梅花，从草中、雪下、石畔冒出，这些景物展现了勃勃生机，预示着未来的希望。

名家点评

〔明〕顾起纶：公伊吕之佐，文其绪馀耳。故骏才鸿调，工

为绮丽。古风如《思归引》《思美人》，近体如《古戍》，并出《骚》《雅》。(《国雅品》)

将军玉帐貂鼠衣，手持酒杯看雪飞

北风行

明·刘基

城外萧萧北风起，城上健儿吹落耳。
将军玉帐貂鼠衣，手持酒杯看雪飞。

注释

萧萧：形容寒冷。

健儿：守城的将士。

玉帐：军帐，征战时主将的帐蓬。

貂鼠衣：用貂鼠皮缝制的贵重衣裳。

简析

"城外萧萧北风起，城上健儿吹落耳"，突出了行军环境的恶劣和士兵生活的艰辛。城外刮起了寒冷的北风，城楼上守城的将士被寒风吹得连耳朵都要冻掉了。

"将军玉帐貂鼠衣，手持酒杯看雪飞"，与士兵的艰辛形成鲜明对比的是，将军在帐篷中穿着貂鼠大衣，悠闲地喝酒赏雪。

诗人通过对残酷环境的描写，表达出了将士们行军打仗的艰辛。同时，也从侧面表达了诗人对战争的批判和对将士们的怜爱之情。

名家点评

〔清〕沈德潜：元代诗都尚辞华，文成独标高格，时欲追韩杜，故超然独胜，允为一代之冠。(《明诗别裁》)

杨　基

杨基（1326—1378），字孟载，号眉庵，元末明初诗人。杨基诗风清俊纤巧，其中五言律诗《岳阳楼》境界开阔，时人称其为“五言射雕手”。杨基与高启、张羽、徐贲为诗友，时人称为“吴中四杰”。

水晶帘外娟娟月，梨花枝上层层雪

菩萨蛮·水晶帘外娟娟月

明·杨基

水晶帘外娟娟月，梨花枝上层层雪。花月两模糊，隔帘看欲无。

月华今夜黑，全见梨花白。花也笑姮娥，让他春色多。

注释

娟娟：言月光皎洁，月色妩媚。

姮（héng）娥：即嫦娥。

简析

这是一阕以机趣见巧的小词。此词境界明亮，意象美好。全词在花、月上腾挪笔墨。此二物本即人间幸福、完美的象征，再加上水晶帘与洁白的雪作衬托，益见光明一片，宁静、纯净，令人顿生无限遐思与向往。而明月收华，独让梨花放白，又透出春风得意、独领风骚的自豪与洒脱。然词境不止于此，它还含有一些寓意。花月交辉，则两相模糊，“隔帘看欲无”，给人些许遗憾，而若月华今夜黑，即可衬出梨花之白。这就具有了生活哲理，给人多方面启发。结尾“花也笑姮娥”，通过拟人化的笔法写梨花，更显得高洁雅致，颇有情趣。

背景

词人杨基在暮春之夜赏梨花，有感而发，写下此词。从下阕“月华今夜黑”可知，当晚无月。无月之夜赏梨花，其原因在于梨花色白，在日间显示不出其白玉般的光彩。

名家点评

〔明〕顾起纶：才长逸荡，兴多隽永，且格高韵盛，浑然无迹。(《国雅品》)

袁 凯

袁凯，生卒年不详，字景文，号海叟，明初诗人，以《白燕》一诗负盛名，人称袁白燕。袁凯的诗作，言及现实其少，只于个别篇内有隐晦、曲折的表露。其成功之作多为抒发个人情怀，描述旅人思乡之篇。

月明汉水初无影，雪满梁园尚未归

白燕

明 · 袁凯

故国飘零事已非，旧时王谢见应稀。
月明汉水初无影，雪满梁园尚未归。
柳絮池塘香入梦，梨花庭院冷侵衣。
赵家姊妹多相忌，莫向昭阳殿里飞。

注释

旧时王谢：语出刘禹锡《乌衣巷》：“旧时王谢堂前燕，飞入寻常百姓家。”言王谢旧堂前很少见到这种白燕。王谢，王导和谢安，东晋时名臣贵族。

汉水：长江支流，又称汉江，发源于陕西南部，在湖北武汉入长江。

梁园：汉梁孝王所建，故址在今河南商丘东。

赵家姊妹：指赵飞燕和其妹赵合德。汉成帝时，两人专宠十余年。

简析

这是一首咏物诗。诗人描写了白燕在春水池塘、梨花院落尽情飞舞的情景，表现了白燕纯洁、灵巧、美丽的精神气质，抒发了诗人对白燕无限珍爱与怜惜的思想感情。

“故国飘零事已非，旧时王谢见应稀”，化用刘禹锡《乌衣巷》“旧时王谢堂前燕，飞入寻常百姓家”诗句，言江山如故，人物已非，秋去春来的燕子又飞回到当年王谢居住的繁华地来了。借王谢旧事点明所咏为燕，同时诗人又作了补充：这次飞回来的燕子已不是旧时王谢堂前常见的乌燕，而是另一种较少见的全白色的。“见应稀”三字进一步点出“白燕”这个诗题。接着，诗人展开想象，极力写白燕之白。白燕的体态如汉水上空一轮高洁的明月，如梁园隆冬中随风飘舞的雪花，如暮春时节池塘边尽情翻飞的柳絮、庭院内悄悄绽放的梨花。“冷侵衣”的心绪是诗人回首人生经历时的凄苦哀伤。诗人把客观环境之美与人主观世界高洁之美、清峻之美有机地结合在了一起。

“赵家姊妹多相忌，莫向昭阳殿里飞”，诗人借赵飞燕、赵合德姐妹专宠于汉成帝的典故，实现了从写物到写人的转换，升华了主题。赵飞燕这位汉宫美人的名字，也暗合诗题的“燕”字，颇有妙趣。

此诗为吟咏白燕的名篇，广为传诵，诗人因而也获得了“袁白燕”的美誉。

背景

此诗为袁凯早年的作品。杨仪《骊珠杂录》载：常熟时大本赋《白燕》诗呈杨铁崖，杨亟称其“珠帘十二中间卷，玉剪一双高下飞”一联，袁凯在座曰：“诗虽佳，未尽体物之妙。”杨不以为然。袁归作此诗，翌日录呈铁崖，铁崖击节叹赏，连书数纸，尽散座客，一时呼为“袁白燕”，以此得名。

名家点评

〔明〕顾起纶：袁待御景文才情遒拔，往往有奇语，尤闲于咏物。其题《白燕》《闻笛》，颇为时口脍炙，盖七言律不易得。(《国雅品》)

高 启

高启（1336—1374），字季迪，号槎轩，长洲（今江苏苏州）人，元末明初著名诗人。元末曾隐居吴淞青丘，自号青丘子。高启才华横溢，学识渊博，尤精于诗，与刘基、宋濂并称“明初诗文三大家”，又与杨基、张羽、徐贲并称“吴中四杰”。其诗风格多样，清新超拔，雄健豪迈，尤擅长于七言歌行。

雪满山中高士卧，月明林下美人来

咏梅九首（其一）

明 · 高启

琼姿只合在瑶台，谁向江南处处栽。
雪满山中高士卧，月明林下美人来。
寒依疏影萧萧竹，春掩残香漠漠苔。
自去何郎无好咏，东风愁寂几回开？

注释

琼姿：梅花。

漠漠苔：茂密的苔藓。

何郎：指南朝诗人何逊。

简析

“琼姿只合在瑶台，谁向江南处处栽”，诗人赋予了凡间的梅花谪仙的身份，它们纵然已降生到地上，却终究是超凡出尘、气质异于俗中众花。“瑶台”二字突出了梅花的高贵和超尘绝俗。

“雪满山中高士卧”，梅花来到了人间，但它们不屑在尘埃之中生长，于是远离人迹的烦嚣，栖住到大雪铺满的深山，如同满山风雪中的高士。“月明林下美人来”，梅花是仙子下凡，俗人当然不能轻易窥到，若去闹市中寻觅，无异于水中捞月。必须得摒弃一切俗念，退身到清风明月的林泉之下，那时，才能见到她款款而来。

“寒依疏影萧萧竹，春掩残香漠漠苔”，写冬去春来，萧萧翠竹陪伴着稀疏的寒梅，漠漠青苔承载着零落的残香。

“自去何郎无好咏，东风愁寂几回开？”诗人认为何逊之后，再也没有咏梅的好诗，只留下寂寞的东风和孤独的梅花。

本诗结构严密，用词精警，写出了梅花的风骨与精魂，也表达了诗人的隐逸思想。

背景

这首诗是诗人高启所写的咏梅组诗《梅花九首》中的第一首。诗中描写了梅花形神兼备的美好形象，表现了诗人高洁的品格。其中“雪满山中高士卧，月明林下美人来”，比喻形象而贴切，为千古传诵的名句。

名家点评

〔清〕纪昀：天才高逸，实据明一代诗人之上，其于诗，拟汉魏似汉魏，拟六朝似六朝，拟宋似宋，凡古人之所长，无不兼之。(《四库全书总目提要》)

吴伟业

吴伟业（1609—1672），字骏公，号梅村，江苏太仓人。曾任翰林院编修、左庶子等职。他是明末清初著名诗人，与钱谦益、龚鼎孳并称“江左三大家”，又为娄东诗派开创者。长于七言歌行，初学“长庆体”，后自成新吟，后人称“梅村体”。

十丈黄尘千尺雪，可知俱不似江南

阻雪

清·吴伟业

关山虽胜路难堪，才上征鞍又解骖。
十丈黄尘千尺雪，可知俱不似江南。

注释

关山：指关隘山川。

胜：好。

路难堪：路难行。

征鞍：指旅途上所骑的马。

解骖：下马。骖：车辕两侧的马。

简析

这首诗写作者入京路途的艰难与寒冷，用以表现诗人的悲凉心情。

“关山虽胜路难堪，才上征鞍又解骖”，诗人赴任路上经过的山岭和关隘虽都是名胜，但大雪纷飞，行路艰难。“路难堪”，表面是因为大雪阻路，实际是因为诗人被迫出仕，想隐居守节的愿望难以实现，内心充满了伤痛而又无可奈何的情绪。

“十丈黄尘千尺雪”，运用夸张的手法，写出了北国黄尘满天、大雪纷飞的景象。“可知俱不似江南”，表达了诗人对江南的深情怀念，以及不得不走向仕途的无奈。

背景

这首诗是清顺治十年（1653）作者应清廷征召，北上至临清遇大雪时所作。

名家点评

〔清〕纪昀：其少作大抵才华艳发,吐纳风流,有藻思绮合、清丽芊眠之致。及乎遭逢丧乱，阅历兴亡，激楚苍凉，风骨弥为遒上。(《四库全书总目提要》)

朱彝尊

朱彝尊（1629—1709），清代词人、藏书家，浙江秀水（今浙江嘉兴）人。博通经史，诗与王士祯称南北两大宗（“南朱北王”）；其词风格清丽，为“浙西词派”的代表人物，与陈维崧并称“朱陈”；精于金石文史，购藏古籍图书不遗余力，为清初著名藏书家之一。

雨雪自飞千嶂外，榆林只隔数峰西

出居庸关

清·朱彝尊

居庸关上子规啼，饮马流泉落日低。
雨雪自飞千嶂外，榆林只隔数峰西。

注释

居庸关：在今北京市昌平区西北，为长城重要关口。

子规：鸟名，一名杜鹃。鸣声凄切，能动旅客归思。

嶂：似屏障的山峰。

榆林：榆林堡。在居庸关西55里。

简析

“居庸关上子规啼，饮马流泉落日低”，描写了居庸关的景色：居庸关上，杜鹃啼鸣，诗人驱马前行，峰回路转，在暮霭四起中，忽见一山泉，从峰崖高处曲折而来，让诗人惊喜不已。在这塞外的山岭间，竟也有南国般清洌的泉流，于是决定放马一饮，解旅途之渴。

“雨雪自飞千嶂外，榆林只隔数峰西”，突出了塞外气象的寥廓和峻美。回望北天，灰云蒙蒙，透过重峦叠嶂，隐约可见遥远天边正有雨雪纷飞。转身西望，不禁惊喜地发现，古今驰名的榆林古塞并不遥远，只在云海中耸峙的数峰西边。

全诗既描写了山关的雄伟壮丽，又表现了诗人对祖国山河的热爱。

王士祯

王士祯（1634—1711），原名王士禛，字子真，号阮亭，又号渔洋山人，世称“王渔洋”。山东新城（今桓台县）人，常自称济南人。清初杰出诗人、文学家，与朱彝尊并称“南朱北王”。早年诗作清丽澄淡，中年转为苍劲。擅长各体，尤工七绝。

江梅一夜落红雪，便有夭桃无数开

冶春绝句（其一）

清·王士祯

今年东风太狡狯，弄晴作雨遣春来。
江梅一夜落红雪，便有夭桃无数开。

注释

冶春：游春。

狡狯：顽皮。

简析

这首诗描写了春日游园的景色。

“今年东风太狡狯，弄晴作雨遣春来”，在诗人眼中，春风仿佛是一个调皮鬼，俏皮可爱，高兴的时候便让天气放晴，生气的时候则让天空飘起阵阵细雨，在春风的戏弄下，春天缓缓到来。这两句话诙谐有趣，轻松愉快。春风虽然常出现在诗中作为春天的象征，但是此处诗人与众不同，用“狡狯”形容春风，把春风写得活灵活现。

“江梅一夜落红雪，便有夭桃无数开”是诗人游园时所见花开之景。诗人将落下的江梅比作红雪，形象生动，雪不再是白色，而是艳丽的红色，既说明了江梅落花之多，同时也突出了花瓣飘零之美，如雪花般肆意飘洒，落英缤纷，纷纷扬扬。“一夜”更是表现了诗人惊喜的心情，虽有夸张之疑，但正说明了春天的到来让人不易察觉。“便有夭桃无数开”，夭桃和前面的江梅相互照应，有落下的江梅做衬托，才凸显了盛开绽放的桃花。江梅是冬天的象征，而桃花则寓意着春天，诗人借这两个意象描绘了一幅春和景明的图画，告诉读者冬天已经阻挡不了满园的春意。

背景

此诗作于康熙三年（1664）春。诗人与诸名士修禊扬州之红桥，赋冶春诗，诸名士皆和。

名家点评

〔近代〕陈衍：铁崖道人《竹枝词》《漫兴》各绝句，专学杜甫，渔洋《冶春词》专学铁崖，余酷喜之，以为渔洋集中无出此数首及怀人绝句右者。(《石遗室诗话》)

纳兰性德

纳兰性德（1655—1685），字容若，号楞伽山人，原名纳兰成德，一度因避讳太子保成而改名纳兰性德，清初词人。其词以“真”取胜，写景逼真传神，词风清丽婉约，哀感顽艳，格高韵远，独具特色。著有《通志堂集》《侧帽集》《饮水词》等。

吹到一片秋香，清辉了如雪

琵琶仙·中秋

清·纳兰性德

碧海年年，试问取、冰轮为谁圆缺？吹到一片秋香，清辉了如雪。愁中看、好天良夜，知道尽成悲咽。只影而今，那堪重对，旧时明月。

花径里、戏捉迷藏，曾惹下萧萧井梧叶。记否轻纨小扇，又几番凉热。只落得，填膺百感，总茫茫、不关离别。一任紫玉无情，夜寒吹裂。

注释

碧海：碧天似海，指蓝天。

冰轮：皎洁的满月。

了如雪：明亮如雪。

只影：孤独一人。

那堪：怎么经得起。

井梧叶：井边梧桐叶。

填膺：充塞于胸中。

紫玉：古人多截取紫玉制成箫笛，因以紫玉代指箫笛。

吹裂：形容哀怨之极。

简析

这首词以清新凝重，又不无伤感的笔调描绘了中秋时节月下的景色。通过对昔日中秋时嬉戏月下的欢乐的追忆，抒发了而今“形单影只”的伤感与悲叹。

词的上阕写的是现实，凄苦悲凉。“碧海年年，试问取、冰轮为谁圆缺？”中秋圆月，何其美好，词人却发出为谁圆缺的疑问。纵然“清辉了如雪”，词人面对这良宵美景，心中依然“成悲咽”。而今独自一人，形影相吊，佳人已不再，又怎能面对那旧时的明月？

下阕写词人仰望明月忆及美好往事。“花径里、戏捉迷藏，曾惹下萧萧井梧叶。”明月下，芳丛里，词人与故人追逐嬉戏，词人对故人往事的深深思恋，直抵人心深处。“只落得，填膺百感，总茫茫、不关离别。”词人的伤感并非因为单纯的“离别”，个中缘由纷繁复杂。而今百感交集，只能任凭那笛声幽咽，一直吹到天明。

背景

词作乃中秋月下，对于昔时情爱的思忆。此词作于康熙十六年（1677）中秋。这年春天，纳兰妻卢氏病故。

名家点评

〔清〕谢章铤：《琵琶仙》系白石自度腔，容若中秋阕即填此调，因第六句比原作少一字，原作载《词律》第十六卷一百字类，仲安皆以为谱律不载，疑其为自度曲，非也。(《赌棋山庄词话》)

残雪凝辉冷画屏，落梅横笛已三更

浣溪沙·残雪凝辉冷画屏

清·纳兰性德

残雪凝辉冷画屏，落梅横笛已三更。更无人处月胧明。
我是人间惆怅客，知君何事泪纵横。断肠声里忆平生。

注释

浣溪沙：唐教坊曲名，因西施浣纱于若耶溪而得名，后用作词牌名。音节明快，句式整齐，易于上口。

残雪：尚未化尽的雪。

画屏：绘有彩画的屏风。

落梅：古代羌族乐曲名，又名《梅花落》，以横笛吹奏。

月胧明：指月色朦胧，不甚分明。

惆怅：伤感，愁闷，失意。

客：过客。

简析

这首词是词人感怀身世之作。

上阕主要写景，营造了孤单凄清的氛围。“残雪”“画屏”“落梅”等寥寥几笔，勾勒出了一种既清且冷，既孤且单的意境。“落梅横笛已三更”，词人在残雪未消的寒冷之夜独自徘徊，忽然听见笛声，不由得更加愁肠百结，不能自已。

下阕紧接着抛出“我是人间惆怅客，知君何事泪纵横”的感喟。纳兰怀有经国济世之才，也希望得到朝廷重用，实现自己的政治抱负，但他只做了御前侍卫，不免有怀才不遇之感。无奈如他，只能成为人间惆怅之客，如漂泊的旅人一般寂寞。结尾一句“断肠声里忆平生”，更是点睛之笔，短短七个字，读之令人潸然泪下。

此词虽是直抒胸臆，但情真意深，生动感人。

背景

词人在残雪之夜独自徘徊，联想到自己生活孤独凄苦，饱尝人间离愁别苦，为了表达内心的惆怅，故作此词。

名家点评

［近代］王国维：纳兰容若以自然之眼观物，以自然之舌言情，此由初入中原，未染汉人风气，故能真切如此。北宋以来，一人而已。(《人间词话》)

若似月轮终皎洁，不辞冰雪为卿热

蝶恋花·辛苦最怜天上月

清·纳兰性德

辛苦最怜天上月，一昔如环，昔昔都成玦。若似月轮终皎洁，不辞冰雪为卿热。

无那尘缘容易绝，燕子依然，软踏帘钩说。唱罢秋坟愁未歇，春丛认取双栖蝶。

注释

昔：同“夕”，一夕，一夜。

玦（jué）：玉玦，半环形之玉，借喻不圆的月亮。

不辞冰雪为卿热：此句用典。荀粲之妻冬天高烧病重，全身发热难受。荀粲为了给妻子降温，脱光衣服站在大雪中，等身体冰冷时回屋给妻子降温。卿：“你”的爱称。

无那：无奈，无可奈何。

认取：辨识，认得。

简析

这是一首悼亡词。整首词从“天上月”写起，上阕“辛苦最怜天上月，一昔如环，昔昔都成玦”，借月亮为喻，写爱情的欢乐转瞬即逝，恨多乐少。“若似月轮终皎洁，不辞冰雪为卿热”，借用典故，写假如爱情能像月亮那样皎洁圆满，付出再大的代价都愿意。“一昔如环，昔昔长如玦”，包蕴了无限的哀伤与怀念，表达了对亡妻的真挚爱恋。

下阕写伤逝中的悲痛，词人感叹尘世因缘竟然那么容易断绝。“燕子依然，软踏帘钩说”，帘幕间的燕子，年复一年，辛苦奔波，和往常一样，仍旧踏在帘钩上，轻轻地呢喃。词人用燕子反衬人去楼空和未亡人的孤寂。结语化用“双栖蝶”的典故，表达了他与亡妻的爱情生死不渝，抒发了无穷尽的哀悼，把爱寄托在化蝶的理想中。

背景

纳兰性德原配妻子卢氏，乃两广总督卢兴祖之女，于康熙十三年（1674）成婚，后因难产亡故。这首词是为悼念卢氏而作。

名家点评

〔清〕顾贞观：容若天资超逸，悠然尘外，所为乐府小令，婉丽凄清，使读者哀乐不知所主，如听中宵梵呗，先凄惋而后喜悦。(《通志堂词序》)

〔清〕陈维崧：饮水词哀感顽艳，得南唐二主之遗。(《词评》)